Adolf Tobler

Das Spruchgedicht des Girard Pateg

Adolf Tobler

Das Spruchgedicht des Girard Pateg

ISBN/EAN: 9783743366619

Hergestellt in Europa, USA, Kanada, Australien, Japan

Cover: Foto ©Andreas Hilbeck / pixelio.de

Manufactured and distributed by brebook publishing software
(www.brebook.com)

Adolf Tobler

Das Spruchgedicht des Girard Pateg

DAS

SPRUCHGEDICHT

DES

GIRARD PATEG.

VON

A. TOBLER.

AUS DEN ABHANDLUNGEN DER KŒNIGL. PREUSS. AKADEMIE DER WISSENSCHAFTEN
ZU BERLIN VOM JAHRE 1886.

BERLIN 1886.

VERLAG DER KŒNIGL. AKADEMIE DER WISSENSCHAFTEN.

Von dem in den Abhandlungen der Akademie vom Jahre 1884 veröffentlichten Buche des Uguçon da Laodho durch die ebenda mitgeteilten acht Hexameter über die Temperamente und durch eine zwei Seiten füllende Zeichnung getrennt, folgen in der nämlichen Handschrift (Berlin, Hamilton, Saibante) auf den Blättern 86r° bis 96v° die nachstehend zum ersten Mal gedruckten Sprüche. Viel wissen wir auch über dieses Werkes Urheber nicht; doch sind wir mit Bezug auf ihn wenigstens im Besitze der spärlichen Angaben des Fra Salimbene, die, vollständiger als Affò und Tiraboschi, Mussafia 1865 im Jahrbuch f. rom. u. engl. Lit. VI 223 zusammengestellt und verwertet hat, und aus denen sich ergiebt, dafs der Cremonese Gerardus Patecclus[1] mindestens ein Zeitgenosse des (1221 geborenen) Chronisten, wahrscheinlich noch etwas älter als dieser gewesen ist, und dafs er ein (bisher nicht aufgefundenes) Werk verfafst hat, das Salimbene als *liber taediorum* oder *de taediis* bezeichnet, aus dem er mehrere, leider meist ganz kurze Stellen anführt (zehnsilbige Verse. über deren Verbindung durch den Reim Zweifel bleiben), und das sich als eine Nachbildung der bei den Provenzalen unter dem Namen *enueg* gehenden Dichtungen zu erkennen giebt.

---

[1] Dafs in der vatikanischen Handschrift 7260 der Name immer so. und nicht Patechus oder Patecelus geschrieben sei, erfahren wir durch F. Novati im Giorn. stor. d. lett. it. I 413 Anm. 2.

1 *

Den Anfang des hier folgenden Gedichtes hatte A. Zeno in jener
handschriftlichen Beschreibung des zu seiner Zeit noch in Italien befind-
lichen, jetzt Berlin gehörenden Manuskriptes wiederholt, von der durch
Mussafia im Jahrbuch f. rom. u. engl. Lit. VIII 207 ff. Kenntnis gegeben ist. Dieser hat daselbst die ersten 16 Verse nach Zenos Abschrift
drucken lassen, hat auch nicht versäumt darauf hinzuweisen, dafs laut
Mortaras Catalogo dei manoscritti italiani che sotto la denominazione di
codici canoniciani italici si conservano nella biblioteca Bodleiana a Oxford,
Oxf. 1864, die Handschrift XLVIII jener Sammlung ein Bruchstück der
nämlichen Dichtung enthalte, und dafs Teza 1866 die ersten sechs Verse
desselben mitgeteilt habe. Teza, der in den Atti e Memorie della R. Deputazione di storia patria per le provincie di Romagna, Anno 4°, Bologna 1866
S. 169 bis 174 das vierte der in jener Handschrift enthaltenen Stücke,
einen *Serventese storico del secolo XIV*, ferner unter dem Titel *Rainardo
e Lesengrino*, Pisa 1869, das zweite herausgegeben hatte, hat inzwischen
1878 im ersten Bande des Giornale di filologia romanza S. 233 auch das
dritte, eben das Fragment unseres Spruchgedichtes, in seinem ganzen
Umfange veröffentlicht[1]. Professor Arthur Napier in Oxford hat die
Güte gehabt eine Abschrift des Bruchstücks für mich anzufertigen und
dieselbe aufs sorgfältigste unter Zuzug des von Teza gedruckten Textes
mit der Handschrift noch einmal zu vergleichen. Es stellt sich heraus,
dafs auch die dem italienischen Gelehrten zur Verfügung gestellte Abschrift
recht achtsam ausgeführt war. Trotzdem lasse ich die mir von Professor
Napier gelieferte hier abdrucken, damit der Leser an einem Orte finde,
was an handschriftlicher Überlieferung des Textes bisher zum Vorschein
gekommen ist. Im ganzen ist die Berliner Handschrift unzweifelhaft sorg-
fältiger ausgeführt und giebt weniger Anlafs zur Beseitigung grober Schrei-
berverstöfse als das Oxforder Stück; ihr Text liest sich auch insofern
glatter herunter, als in ihm die Wörter eine schriftliche Gestalt erhalten
haben, die in höherem Mafse der vom Verse geforderten Lautgestalt ent-

---

[1] Das erste Stück ist die Beschreibung des himmlischen Jerusalem, die Mussafia nach einer venezianischen Handschrift in den Monumenti antichi di dialetti italiani
1864 unter A veröffentlicht hat. Das fünfte und letzte Stück, *Versi sopra le particola-
rità de' principali paesi del mondo*, beginnend *Hazo cercato tuto lo mundo intorno* ist, glaube
ich, noch ungedruckt.

spricht. Dagegen ist doch der Oxforder Text mehr als einmal mit seiner Lesart dem Berliner gegenüber im Rechte, so Z. 3 mit *retrar* gegen *cercar*, 9 mit *Como* gegen *Da*; und wir dürfen es bedauern, daſs er uns nicht weiter als bis zu Vers 42 begleitet und dabei erst noch die Verse 35 bis 38 überspringt.

MS. Canon. Ital. 48. fol. 21.

A nome del padre altisimo edel so fiol benedeto

D el spirto santo in cui co força me meto

C omçare finire e retrare voio p raxon

D i driti in signamiti che fermo salamon

S icon setroua scrita in puébij p litere   5

G irádo pateclo lo splana   Jn volgaro louolmetere

P er quili che tropo parlar como ili se dibia indare

C omo iruxi esupbij sedeça umiliare

C omo imati se guardi 7 i prenda sauere

C omo ale done sedexe tuti iboni customi auere   10

C omo luno amigo con laltro stoue audare drita inte

E como ipouiri e irichi den star intro laçente

Ç a lisauij nome reprenda - se no disesse si ben

C omo se uolesse dir osco digo plu omen

E o nol digo p lor chili sa ben ço chide   15

M a p gli cumunal homini che nosa honele

E quai noia sisia se tuto elbene adrona

C hel noia dir el mal lassi ino po far miglor oura

---

1 *Wellesley, der für Teza die Abschrift lieferte, hat* edel fiol, *die Handschrift hat aber deutlich* edel so fiol.

6 Girádo *Der vorletzte Buchstabe scheint doch ein* d *zu sein, freilich ein oben nach links, nicht wie die übrigen nach rechts gebogenes* (done *Z. 10).*

10 customi, *nicht* costomi *wie bei* W.

13 *Vor* disesse *wurde in der Handschrift* disse *geschrieben und durch ein paar Striche wieder getilgt.*

16 *Vor* cumunal *wurde* cominal *geschrieben und durch Striche getilgt.*

18 *Die Handschrift hat deutlich* mal, *nicht* mel *wie bei* W.

C hi no podese tuto retenir adun fla

Ç a si pocho non tira chel nosia miora   20

    e lalengua ue uoio dire i̓ premera m̂te

    P erço chela noxe plue agrà pa̓te delaçete

D al tropo dire seguâdi chise uol far loltare

E dia logo aialtri si uol anchi pa̓lare

F orsi ge delor chonol dir qualche cosa   25

N o dexe aconûçare fin chelaltro no posa

V ilan e parlente se po tignir queluj

Q ûado adito quel che uol che desplax ad alt́

V ilan homo fi tignu chi pa̓ la soura m̂a

A piçolo ea grande a par e sopran   30

S eluo se uença lo piçolo elpar forsi se lam̂ta

A l maior p nintura na dito p vna trenta

N esuno homo no de gabar algu̓ de sconosente

C hel ten lomal p poço el ben çeta m̂iete

C hi responde humel m̂te ira no sege ten   35

E chi fauella orgaio se la noge sige uene

L engua de part lamo̓ di ǫpaguoni

N one mae trexoro elm̂odo noma chil to̓na bou

L engua fae part chi sae

---

21 *Der Anfangsbuchstabe fehlt.*

21 dire i̓ pr.. *nicht dire pr. wie bei W.*

23 loltare *oder* loldare? lol *und* are *ist ganz deutlich; nur der mittlere Buchstabe ist schwer zu lesen, da er anders gebildet ist als alle anderen. Das d wird sonst gebildet* δ, *und das* l : τ.

25 chouol, *nicht* che vol.

26 chelaltro, *nicht* che latro.

28 *Hinter dem* Q *wurde noch ein a geschrieben und durch einen Strich getilgt.*

33 *Der erste Buchstabe könnte ein* V *sein.*

33 de sconosente. *nicht* desconossente.

34 *Die Handschrift* m̂iete *mit drei Bogen über den ersten vier Buchstaben.*

39 *Diese Zeile durch einen Strich getilgt, der später gemacht worden zu sein scheint. Es ist nicht ganz leicht zu entscheiden, ob das letzte Wort* fue *oder* sae *ist.*

Der Verfasser verspricht in Z. 3 ff., die übrigens in den zwei Hand-
schriften nicht völlig gleich lauten, eine richtige Anweisung wiederzuge-
ben, die Salomo feststelle (oder festgestellt habe, wenn *afermá* gemeint
sein sollte, wofür *fermo* d. h. *fermó* der Oxf. Handschrift spricht), wie
man in den Proverbien geschrieben finde; er wolle sie auslegen und in
die Volkssprache übertragen. Hienach möchte man zunächst eine allen-
falls etwas erweiternde Übersetzung der Proverbia erwarten, die sich we-
sentlich nur durch Abfassung in Versen und durch mundartlichen Cha-
rakter von der Übersetzung unterschiede, die nach der Magliabechischen
Handschrift Cl. XI 47 schon zweimal herausgegeben ist (1847 durch Bini,
1865 durch Fanfani, s. Zambrini unter Salamone)[1]. Dafs dem so
nicht ist, lehrt aber schon die in den Zeilen 7 bis 12 gegebene vorläu-
fige Übersicht des Inhaltes, die eine dem Verlaufe des biblischen Buches
durchaus nicht entsprechende, von Pateg aber wirklich ausgeführte Behandlung bestimmter Stoffe in bestimmter Ordnung verheifst, und ergiebt
sich weiterhin genauer aus der Vergleichung des biblischen Buches mit
dem italienischen Gedichte. Allerdings wiederholt das letztere manches,
was in jenem sich vorfindet, bald ziemlich treu übersetzend, bald ausfüh-
rend, bald der eigenen Denk- und Empfindungsart anpassend; aber weit
mehr von dem dort Vorgefundenen, namentlich was als eigentlich religiös
aufserhalb des Gesichtskreises nüchternen Laienverstandes und bürgerlicher
Klugheit liegt, ist aufgegeben, und dafür tritt zu dem den Proverbien Ent-
nommenen fast gleich viel, was aus dem Ecclesiasticus herrührt, einem
Buche, dessen ganze Haltung der trockenen Verständigkeit des Cremone-
sen besser zugesagt zu haben scheint, aufserdem nicht weniges, das an-
derswoher stammen mag, wie denn einiges Kenntnis der Disticha des Dio-
nysius Cato verrät, der Z. 60 auch genannt wird; hie und da hat Pateg wohl auch einen eigenen Spruch gewagt oder in breiten Ausführungen
sich gehn lassen, wie z. B. Z. 73 bis 94, 183 bis 188 geschehn zu sein
scheint. Seine Sprüche, mit denen er übrigens bescheiden genug ist sich
nicht an Gelehrte, sondern an die Menge der weniger Unterrichteten zu

---

[1] Dafs dieser Text nur eine Übersetzung der Proverbia ist, sage ich auf Grund
einer von Pio Rajna mir freundlich gegebenen Auskunft; mir ist nicht gelungen des
einen oder des anderen der beiden Drucke habhaft zu werden.

wenden (Z. 13 bis 16), obschon er sich bewufst ist, dafs nach seinen
Lehren zu handeln allen ohne Ausnahme heilsam sein würde, hat er nun
auf die sechs Kapitel verteilt, die er im Eingang aufzählt, und die in der
Berliner Handschrift mit besonderen Überschriften „Jetzt redet er von der
Zunge", „Jetzt will er erzählen von Hochmut, von Zorn und von Demut"
u. s. w. versehn sind; es scheint ihm aber von dem, was er sich gesammelt hatte, nachdem die sechs Abschnitte daraus gebildet waren, noch
ein ansehnlicher Rest übrig geblieben zu sein, den er nicht wollte um-
kommen lassen, und so machte er daraus einen siebenten Abschnitt, der
in unserer Handschrift die Worte „Nunmehr wird von allem durcheinander geredet" an der Spitze trägt und die Zeilen 479 bis 592 umfafst.
Den Schlufs des Ganzen bildet die allgemeine Mahnung das Gute zu
thun, das Böse zu lassen, zu der er sich entschliefst, da er sich aufser
stande weifs alles im einzelnen aufzuzählen, was einzuhalten und was zu
meiden wäre, und endlich eine Bitte an Gott, er möge jedermann ver-
leihen das Rechte zu thun in Bezug auf alle die Punkte, die im Verlaufe
des Werkes zur Sprache gebracht sind. So wird, nicht ungeschickt, am
Ende dem Leser noch einmal in rascher Aufzählung in Erinnerung gebracht, was zuvor an ihm vorübergezogen ist.

Die nachfolgende Zusammenstellung von Sprüchen Pategs mit
solchen der angegebenen Quellenschriften wird ein Abstammungsverhältnis
nicht überall gleich sicher erkennen lassen. Steht oft völlig aufser Zweifel, dafs der Italiener ein bestimmtes Wort der Schrift wiedergiebt, so
erscheint anderwärts die Verknüpfung seiner Rede mit der oder jener
Bibelstelle gewagter, und mehr als einmal mag meiner vergleichenden
Prüfung der Texte die Übereinstimmung von Einzelheiten entgangen sein.
Merkliche Abweichungen im Sinne, die man bei Pateg etwa wahrnimmt,
schliefsen nicht immer aus, dafs sein Spruch von einem hier mit demsel-
ben zusammengestellten ausgehe.

23—26. Ubi auditus non est, non effundas fermonem. ... Audi tacens, *Eccl.*
32, 6, 9!

27—30. In medio magnatorum non praefumas. et ubi funt fenes non multum
loquaris. Ante grandinem praeibit corufcatio, *Eccl. 32, 13!*

35—38. In auribus infipientium ne loquaris, quia defpicient doctrinam eloquii
tui, *Prov. 23, 9.*

39, 40. Refponfio mollis frangit iram; fermo durus fufcitat furorem, *Prov. 15, 1.*

41—46. Sufurro et bilinguis maledictus; multos enim turbabit pacem habentes
... Lingua tertia mulieres viratas ejecit, *Eccl. 28, 15, 19.*

47. Contra verbofos noli contendere verbis, *Cato 1, 10.*

51—54. Qui prius refpondet quam audiat, ftultum fe effe demonftrat et confu-
fione dignum, *Prov. 18, 13.*

57—60. Virtutem primam effe puto conpefcere linguam; Proximus ille deo eft,
qui fcit ratione tacere. — Nam nulli tacuiffe nocet, nocet effe locutum, *Cato 1, 3, 12.*

65, 66. Laudet te alienus, et non os tuum, *Prov. 27, 2.* Non te juftifices ante
deum, quoniam agnitor cordis ipfe eft, *Eccl. 7, 5.*

95, 96. Tibiae et pfalterium fuavem faciunt melodiam, et fuper utraque lingua
fuavis, *Eccl. 40, 21.*

103, 104. Qui calumniatur egentem, exprobrat factori ejus, *Prov. 14, 31.* Qui
defpicit pauperem, exprobrat factori ejus, *eb. 17, 5.*

109—112. Mors et vita in manu linguae; qui diligunt eam, comedent fructus
ejus, *Prov. 18, 21.*

115, 116. Ira et furor, utraque exfecrabilia funt; et vir peccator continens erit
illorum, *Eccl. 27, 33.*

117, 118. Ubi fuerit fuperbia, ibi erit et contumelia; ubi autem humilitas eft,
ibi et fapientia, *Prov. 11, 2.*

119—122. Noli effe amicus homini iracundo, neque ambules cum viro furiofo.
Ne forte difcas femitas ejus et fumas fcandalum animae tuae, *Prov. 22, 24, 25.* Cum
audace non eas in via, ne forte gravet mala fua in te; ipfe enim fecundum voluntatem
fuam vadit, et fimul cum ftultitia illius peries, *Eccl. 8, 18.*

129—132. Noli effe ficut leo in domo tua evertens domefticos tuos et oppri-
mens fubjectos tibi, *Eccl. 4, 35.*

133, 134. Qui fibi invidet, nihil eft illo nequius, *Eccl. 14, 6.*

137. Vir iracundus provocat rixas, *Prov. 15, 18*; vgl. *Eccl. 28, 11.*

141—144. Qui vindicari vult, a domino inveniet vindictam, *Eccl. 28, 1.*

145—148. Quando federis ut comedas cum principe, ... ne defideres de cibis
ejus .., *Prov. 23, 1, 3.*

155—158. Spiritus viri fuftentat imbecillitatem fuam, fpiritum vero ad irafcen-
dum facilem quis poterit fuftinere? *Prov. 18, 14?*

165, 166. Non laudes virum in fpecie fua, neque fpernas hominem in vifu fuo,
Eccl. 11, 2?

175, 176; s. 137.

195. Quafi per rifum ftultus operatur fcelus, *Prov. 10, 23.*

196. Via ftulti recta in oculis ejus, *Prov. 12, 15.*

197, 198. Plus proficit correptio apud prudentem, quam centum plagae apud
ftultum, *Prov. 17, 10.*

199, 200. Quid prodeft ftulto habere divitias, cum fapientiam emere non poffit?
Prov. 17, 16.

201, 202. Stultus quoque, fi tacuerit, fapiens reputabitur, *Prov. 17, 28.*

203—206. Ne refpondeas ftulto juxta ftultitiam fuam, ne efficiaris ei fimilis,
Prov. 26, 4.

207, 208. Quomodo nix in aeftate et pluviae in meffe, fic indecens eft ftulto gloria, *Prov.* 26, 1.

209, 210. Sicut qui mittit lapidem in acervum Mercurii, ita qui tribuit infipienti honorem, *Prov.* 26, 8.

211, 212. Sicut canis qui revertitur ad vomitum fuum, fic imprudens qui iterat ftultitiam fuam, *Prov.* 26, 11.

213, 214. Sicut oftium vertitur in cardine fuo, ita piger in lectulo fuo, *Prov.* 26, 14.

217, 218. Sapientior fibi piger videtur feptem viris loquentibus fententias, *Prov.* 26, 16.

219, 220. Nec te conlaudes, nec te culpaveris ipfe; Hoc faciunt ftulti, quos gloria vexat inanis, *Cato* 2, 16.

221, 222. Datus infipientis non erit utilis tibi; oculi enim illius feptemplices funt; exigua dabit et multa improperabit, *Eccl.* 20, 14.

227—230. Fatuus in rifu exaltat vocem fuam, vir autem fapiens vix tacite ridebit, *Eccl.* 21, 23.

231, 232. Stultus a feneftra refpiciet in domum, vir autem eruditus foris ftabit, *Eccl.* 21, 26.

233, 234. Stultitia hominis aufcultare per oftium, et prudens gravabitur contumelia, *Eccl.* 21, 27.

235, 236. Filius fapiens laetificat patrem, filius vero ftultus moeftitia eft matris fuae, *Prov.* 10, 1.

237, 238. Cor fatui quasi vas confractum, et omnem fapientiam non tenebit, *Eccl.* 21, 17.

241, 242. Luctus mortui feptem dies, fatui autem et impii omnes dies vitae illorum, *Eccl.* 22, 13.

243, 244. Arenam et falem et maffam ferri facilius eft ferre quam hominem imprudentem et fatuum et impium, *Eccl.* 22, 18; vgl. eb. 22, 17 und *Prov.* 27, 3.

245, 246. Ex ore fatui reprobabitur parabola; non enim dicit illam in tempore fuo, *Eccl.* 20, 22.

247, 248. Os ftulti contritio ejus, et labia ipfius ruina animae ejus, *Prov.* 18, 7?

251, 252. Cor fapientis quaerit doctrinam, et os ftultorum pafcitur imperitia, *Prov.* 15, 14.

253, 254. Qui cum fapientibus graditur, fapiens erit; amicus ftultorum fimilis efficietur, *Prov.* 13, 20.

255, 256. Expedit magis urfae occurrere raptis fetibus, quam fatuo confidenti in ftultitia fua, *Prov.* 17, 12.

257—260. Honor eft homini, qui feparat fe a contentionibus; omnes autem ftulti mifcentur contumeliis, *Prov.* 20, 3.

269, 270. Fornicatio mulieris in extollentia oculorum et in palpebris illius agnofcetur, *Eccl.* 26, 12.

271, 272. Melius eft federe in angulo domatis, quam cum muliere litigiofa et in domo communi, *Prov.* 21, 9.

273, 274. Ne attendas fallaciae mulieris .., ne forte impleantur extranei viribus, et labores tui fint in domo aliena, *Prov.* 5, 2, 10?

275, 276. Sic qui ingreditur ad mulierem proximi fui, non erit mundus, cum tetigerit eam, .. turpitudinem et ignominiam congregat fibi, et opprobrium illius non delebitur, *Prov. 6, 29, 33.*

277, 278. Mulier diligens corona eft viro fuo, *Prov. 12, 4.*

279, 280. Non eft caput nequius fuper caput colubri, et non eft ira fuper iram mulieris, *Eccl. 25, 22.*

281, 282. Commorari leoni et draconi placebit, quam habitare cum muliere nequam, *Eccl. 25, 23.*

287. Gratia fuper gratiam mulier fancta et pudorata, *Eccl. 26, 19.*

291—294. Qui invenit mulierem bonam, invenit bonum et hauriet jucunditatem a domino, *Prov. 18, 22;* Quare feduceris, fili mi, ab aliena et foveris in finu alterius? *eb. 5, 20.*

299, 300. Pars bona mulier bona, in parte timentium deum dabitur viro pro factis bonis, *Eccl. 26, 3.*

301, 302. Ubi non eft mulier, ingemifcit egens, *Eccl. 36, 27.*

303—306. Filiae tibi funt? ferva corpus illarum et non oftendas hilarem faciem tuam ad illas. Trade filiam et grande opus feceris, et homini fenfato da illam, *Eccl. 7, 26, 27.* Super filiam luxuriofam confirma cuftodiam, ne quando faciat te in opprobrium venire inimicis, *eb. 42, 11.*

307. Ubera ejus inebrient te in omni tempore, in amore ejus delectare jugiter, *Prov. 5, 19.*

315, 316. Qui autem adulter eft, propter cordis inopiam perdet animam fuam, *Prov. 6, 32.*

319, 320. Filii tibi sunt? erudi illos et curva illos a pueritia illorum, *Eccl. 7, 25?*

321, 322. Ut eruaris a muliere aliena et ab extranea, quae mollit fermones fuos, *Prov. 2, 16.*

323. Favus enim diftillans labia meretricis et nitidius oleo guttur ejus, *Prov. 5, 31*

325. .. et acuta quafi gladius biceps, *Prov. 5, 4.*

337, 338. Amico fideli nulla eft comparatio, *Eccl. 6, 15.*

339, 340. Qui defpicit amicum fuum, indigens corde eft, *Prov. 11, 12.*

343, 344. Non agnofcetur in bonis amicus, et non abfcondetur in malis inimicus. In bonis viri inimici illius in triftitia, et in malis illius amicus agnitus eft, *Eccl. 12, 8, 9.*

345, 346. Divitiae addunt amicos plurimos; a paupere autem et hi quos habuit feparantur, *Prov. 19, 4; vgl. Eccl. 37, 4.*

347. Occafiones quaerit, qui vult recedere ab amico, *Prov. 18, 1.*

349, 350. Multi colunt perfonam potentis et amici funt dona tribuentis, *Prov. 19, 6 (Pateg scheint dona für das Subjekt gehalten zu haben).*

351, 352. Caufam tuam tracta cum amico tuo, *Prov. 25, 9.*

353, 354. Subtrahe pedem tuum de domo proximi tui, ne quando fatiatus oderit te, *Prov. 25, 17.*

357, 358. Melior eft manifefta correptio quam amor abfconditus, *Prov. 27, 5.*

359, 360. Meliora funt vulnera diligentis quam fraudulenta ofcula odientis, *Prov. 27, 6.*

361, 362. Melior eft vicinus juxta quam frater procul, *Prov. 27, 10.*

363, 364. Homo qui blandis fictifque fermonibus loquitur amico fuo, rete expandit greffibus ejus, *Prov. 29, 5.*

365—368. Verbum dulce multiplicat amicos, *Eccl. 6, 5.*

369—372. Eft autem amicus focius menfae, et non permanebit in die neceffitatis, *Eccl. 6, 10.*

375. Noli fieri pro amico inimicus proximo, *Eccl. 6. 1.*

376. Ne derelinquas amicum antiquum; novus enim non erit fimilis illi, *Eccl. 9, 14.*

379, 380. Ne dicas amico tuo: vade et revertere, cras dabo tibi, cum ftatim poffis dare, *Prov. 3, 28.*

383, 384. Non oblivifcaris amici tui in animo tuo, et non immemor fis illius in opibus tuis, *Eccl. 37, 6.*

385, 386. Dilige fic alios, ut fis tibi carus amicus; Sic bonus efto bonis, ne te mala damna fequantur, *Cato 1, 11.*

390. Amicus et fodalis in tempore convenientes, et super utrofque mulier cum viro, *Eccl. 40, 23.*

391, 392. Ne moliaris amico tuo malum, cum ille in te habeat fiduciam, *Prov. 3, 29.*

399, 400. Vir amabilis ad focietatem magis amicus erit quam frater, *Prov. 18, 24.*

409—412 (*dunkel*). Subftantia feftinata minuetur; quae autem paulatim colligitur manu, multiplicabitur, *Prov. 13, 11!* Qui concervat divitiam ufuris et foenore, liberali in pauperes congregat eas, *eb. 28, 8!*

413, 414. Eft quafi dives, quum nihil habeat; et eft quafi pauper, cum in multis divitiis fit, *Prov. 13. 7.*

417, 418. Melior eft buccella ficca cum gaudio quam domus plena victimis cum jurgio, *Prov. 17, 1.*

419, 420. Utere quaefitis modice; cum fumptus abundat, Labitur exiguo, quod partum eft tempore longo, *Cato 2, 17. .*

421. Melius eft nomen bonum quam divitiae multae, *Prov. 22, 1.*

422 und 429. 430. Vir qui feftinat ditari et aliis invidet, ignorat quod egeftas fuperveniet ei, *Prov. 28. 22.*

423—426. Ne erigas oculos tuos ad opes quas non potes habere; quia facient fibi pennas quafi aquilae et volabunt in coelum, *Prov. 23, 5.*

431, 432. Foeneratur domino, qui miferetur pauperis; et viciffitudinem fuam reddet ei, *Prov. 19, 17!*

437, 438. Melius eft parum cum timore domini quam thefauri magni et infatiabiles, *Prov. 15, 16.*

443, 444. Bona et mala, vita et mors, paupertas et honeftas a deo funt, *Eccl. 11, 14.*

445, 446. Melior eft, qui operatur et abundat in omnibus, quam qui gloriatur et eget pane, *Eccl. 10, 30.*

447, 448. Non zeles gloriam et opes peccatoris; non enim fcis, quae futura fit illius fubverfio, *Eccl. 9. 16.*

457, 458. Vult et non vult piger, anima autem operantium impinguabitur, *Prov. 13, 4.*

463, 464. Melior eft pauper fanus et fortis viribus quam dives imbecillis et flagellatus malitia, *Eccl. 30, 14.*

469, 470. Dives pauperibus imperat. ... Qui feminat iniquitatem metet mala, *Prov. 22, 7, 8.*

471. Qui pronus eft ad mifericordiam, benedicetur, *Prov. 22, 9;* Qui dat pauperi, non indigebit, *eb. 28. 27.*

472. Qui defpicit deprecantem, fuftinebit penuriam, *Prov. 28, 27.*

473, 474. Ne glorieris in craftinum, ignorans quid fuperventura pariat dies, *Prov. 27, 1!*

481. Audiens fapiens fapientior erit, *Prov. 1, 5.*

482. Qui ambulat fimpliciter, ambulat confidenter, *Prov. 10, 9.* Qui ambulat fimpliciter, falvus erit, *eb. 28, 18.*

485, 486. Cum ceciderit inimicus tuus, ne gaudeas, et in ruina ejus ne exfultet cor tuum, *Prov. 24, 17.* Noli de mortuo inimico tuo gaudere, fciens quoniam omnes morimur et in gaudium nolumus venire, *Eccl. 8, 8.*

489. Sapientiam atque doctrinam ftulti defpiciunt, *Prov. 1, 7.* Non recipit ftultus verba prudentiae, *eb. 18, 2.*

491, 492. Confilium arcanum tacito committe fodali, *Cato 2, 22.*

497, 498. In veftitu ne glorieris unquam .., quoniam mirabilia opera altiffimi folius et gloriofa; et abfconfa et invifa opera illius, *Eccl. 11, 2.*

499, 500. Litem inferre cave, cum quo tibi gratia juncta eft; Ira odium generat, concordia nutrit amorem, *Cato 1, 36.*

503. Beati, qui non viderunt et crediderunt, *Ev. Joh. 20, 29.*

504. Sic homo qui jejunat in peccatis fuis, et iterum eadem faciens, quid proficit humiliando fe? *Eccl. 34, 31.*

505, 506. Fili, fine confilio nihil facias, et poft factum non poenitebis, *Eccl. 32, 24.*

507, 508. Melius eft enim, ut filii tui te rogent, quam te refpicere in manus filiorum tuorum, *Eccl. 33, 22.*

509, 510 *s. zu* 504.

515, 516. Honora medicum propter neceffitatem, *Eccl. 38, 1.*

517, 518. Fili, in mortuum produc lacrymas, et quafi dira paffus incipe plorare .. et non defpicias fepulturam illius ... Memor efto judicii mei; fic enim erit et tuum, mihi heri et tibi hodie, *Eccl. 38, 16, 23.*

519. Ne defpicias narrationem prefbyterorum fapientium et in proverbiis eorum converfare, *Eccl. 8, 9.*

523, 524. Non litiges cum homine potente, ne forte incidas in manus illius, *Eccl. 8, 1.*

525, 526. Qui ruina laetatur alterius, non erit impunitus, *Prov. 17, 5.*

529, 530. Noli foenerari homini fortiori te; quod fi foeneraveris, quafi perditum habe, *Eccl. 8, 15.*

531, 532. Fili, fufcipe feneciam patris tui, et non contriftes eum in vita illius. Et fi defecerit fenfu, veniam da, et ne fpernas eum in virtute tua, *Eccl. 3, 14, 15.*

533, 534. Non te pigeat vifitare infirmum, ex his enim in dilectione firmaberis, *Eccl. 7, 39.*

535, 536. Honora dominum de tua fubftantia, et de primitiis omnium frugum tuarum da ei, *Prov. 3, 9; vgl. Eccl. 7, 34.*

537, 538. Qui honorat patrem ſuum, jucundabitur in filiis, *Eccl. 3, 6.*

539. Quem enim diligit dominus, corripit. *Prov. 3, 12.*

545, 546. Innocens credit omni verbo, aſtutus conſiderat greſſus ſuos, *Prov. 14, 15.*

549. Ne dicas: quomodo fecit mihi, ſic faciam ei; reddam unicuique ſecundum opus ſuum, *Prov. 24, 29; vgl. eb. 20, 22.*

551, 552. Quae culpare ſoles, ea tu ne feceris ipſe, *Cato 1, 30.*

555, 556. Noli prohibere benefacere eum qui poteſt; ſi vales, et ipſe benefac, *Prov. 3, 27.*

557, 558. Ne intuearis vinum quando flaveſcit, cum ſplenduerit in vitro color ejus; ingreditur blande, ſed in noviſſimo mordebit ut coluber, et ſicut regulus venena diffundet, *Prov. 23, 31, 32.*

559, 560. Luxurioſa res vinum et tumultuoſa ebrietas; quicumque his delectatur, non erit ſapiens, *Prov. 20, 1.*

561, 562. Ignem ardentem exſtinguit aqua, et eleemoſina reſiſtit peccatis, *Eccl. 3, 33.*

563, 564 s. *zu* 525.

565, 566. Et eſt, qui ſe nimium ſubmittit a multa humilitate, *Eccl. 19, 21?* Robus in adverſis animum ſubmittere noli; Spem retine, ſpes una hominem nec morte relinquit, *Cato 2, 25?*

567, 568. Amictus corporis et riſus dentium et ingreſſus hominis enunciant de illo, *Eccl. 19, 27.*

569, 570. Si communicabit lupus agno aliquando, ſic peccator juſto, *Eccl. 13, 21.*

571. Qui fodit foveam, incidet in eam, *Prov. 26, 27?*

572. Melior eſt mors quam vita amara, et requies aeterna quam languor perſeverans, *Eccl. 30, 17.*

573, 574. Sapientia abſconſa et theſaurus inviſus, quae utilitas in utriſque? *Eccl. 20, 32.*

575, 576. In duobus contriſtatum eſt cor meum ...: vir bellator deficiens per inopiam et vir ſenſatus contemptus, *Eccl. 26. 26.*

577—580. Spiritus triſtis exſiccat oſſa, *Prov. 17, 22;* Multos enim occidit triſtitia et non eſt utilitas in illa. Zelus et iracundia minuunt dies, et ante tempus ſenectam adducet cogitatus, *Eccl. 30. 25, 26.*

581, 582. Utere quaſi homo frugi his quae tibi apponuntur, ne, cum manducas multum, odio habearis, *Eccl. 31, 19.*

585. 586. Demiſſos animo et tacitos vitare memento; Quod flumen placidum eſt, forſan latet altius unda, *Cato 4, 31.*

589. Ubi non eſt gubernator, populus corruet, *Prov. 11. 14.*

591, 592. Ne dicas: reddam malum. Exſpecta dominum et liberabit te, *Prov. 20, 22.*

Dem Texte gehe auch hier die Darſtellung ſeines ſprachlichen Verhaltens voran. Es ſoll dabei die Anordnung des Einzelnen genau die nämliche ſein, wie in den entſprechenden Beigaben zu meinen Drucken der Überſetzung des Dionyſius Cato und des Ugueon, ſo daſs unter denſelben Zahlen man jeweilen finde, wie jeder der drei Texte ſich in Bezug auf den nämlichen Punkt verhält.

I. Betonte Vokale.

1. Einwirkung des tonlosen *i* im Auslaut auf den Tonvokal nehmen wir wahr im männlichen Plural der Pronomina und Pronominaladjectiva, die auf *ille* zurückgehn (s. § 39, 41, 42), aufserdem in *maiſtri* 163; ein *cortiſi* als männliche Mehrzahl statt *corteſe* 87 oder *corteſi* 101 eingeführt würde mit *diſe*, *amiſi*, die im Reim gegenüberstehn, im Tonvokal besser übereinstimmen, aber wie wenig einem *e* versagt ist mit *i* zu reimen, zeigen *riſo* : *meſo* 198, *amigo* : *ſego* 382, *deſcreſe* : *enreqiſe* 415, *rico* : *meſſo* 456, *viſo* : *repreſo* 522, *demeta* : *vita* 566, *rive* : *receve* 584, von denen doch nur wenigen durch Einführung von denkbaren Nebenformen sich gröfsere Genauigkeit würde geben lassen. In *ver* 101, *deſilegni* 575, *dreti* 368, *enſteſi* 510 ist die Einwirkung des *i* ausgeblieben. *tuit* 340 hat als Nom. pl. *tuti* neben sich 84 oder *tut* 74. Der tonlose Vokal der Pänultima scheint durch das auslautende *i* gehoben in *umili* 170 (neben dem Sing. *umel* 39, 118, 141) und *omini* 16, 66 u. s. w. Ob *bifi* 368 hieher gehört, weifs ich nicht; dem Sinne nach möchte man es mit Dantes *bieci* vereinigen; aber wenn, wie Diez annimmt, der Anlaut des letzteren (*o*)*bl* war, so müfste *bl* hier sich erhalten. Von tonlosem *i* im Hiatus weiter unten.

2. Für *ſanctum* haben wir zwar *ſanto* 2, aber der Plural *ſainti* 171 wird sein *ai* schwerlich dem *i* der Endung danken. *fact-* hat *fai* 222, *fati* 509, *pact-* hat *pato* 524 (: *mato*), *tractat* hat *trata* 392 ergeben, dagegen finden wir *guaita* 233 vom deutschen Stamme *waht*. Zum letzteren stellen sich *fruito* 111 und *aigua* 210, 561 und vielleicht 80 (neben *aqua* 585), während *oto* 198, *laſſa* 18, 194, *laſſarä* 144 keinen vokalischen Niederschlag des *c* zeigen. *plaid* 418 und mit unbetontem Stamm *plaideçar* 523 zeigen wie entsprechende Formen anderer Idiome die Wirkung der ursprünglich intervokalen Stellung des *t*. Die Entwickelung von *alacr-* in *legro* 160, dazu *legreça* 236, 291, ist die gemeinromanische.

3. *ĕ* und *æ* in offener Silbe erscheinen in zahlreichen Wörtern schwankend behandelt: *pe* 286, 324 neben *fiede* 145; *prega*, *preg* 153, *prege* 507 neben *priege* 508; *leſ* 243, *lefmen* 496, *leva* 269 neben *lievementre* 419; *des* (*decet*) 124, *deſdes* 208 neben *dies* 215; *celo* 170 neben *ciel* 167;

meig (*melius*) 255, *mei* 417 neben *mieg* 89, 148, *miei* 413; *quer* 143 neben *quier* 288; *reu* 242, *coren* 10 neben *rieu* 40, *arien* 77, *coviene* 64, *convien* 125; *reten* 229 neben *tien* 34, 39, *retien* 126; *regna* 36, 394, *reigna* 140 neben *ariegna* 474; *tegna* 320, *manteigna* 139 neben *tiegna* 487, 501. Dagegen treten nur mit *e* auf *peço* 34, 256 (*pejus*, dessen *e* für das Romanische offen erscheint) und die Wörter, die auf *e* einen Vokal folgen lassen: *eu* 13, 14, *meu* 224, 597, *reu* 109 oder *reo* 119, 248, *deu* 63, 66, 115, 236, 247 (: *reo*) neben einmaligem *dieu* 55, *dea* (*det*) 24, 146, *ftea* 145, welche letztern im Toskanischen alle *i* eintreten lassen; dazu *ben* 13, endlich mit betonter Antepänultima *aprefia* 225, *defprefia* 165.

4. Ähnlich verhält sich unter gleichen Umständen *ö*, doch erscheint hier der Diphthong etwas seltener: *log* 501 neben *luog* 24, *luogo* 162; *trova* 5, *troro* 15 neben *truova* 42, 117, 376, *truore* 176; in ursprünglich geschlossener Silbe *poi* (*poft*) 506, 510, neben *puoi* 412. Ohne Formen mit dem Diphthong neben sich zu haben treten auf *po* 18, *poi* (*potes*) 524, *mo* (*modo*) 78, *nova* 100, *move* 175, *remova* 190; *nos* (*nocet*) 22, *nofe* 132; *vol* 6, *fiioli* 44, *fiiolo* 159, *dolo* 160; *for* 395, *fora* 80, *cor* 126; *boni* 10, *bon* 42, *bona* 48; *hom* 33, *omo* 369; mit *o* in ursprünglicher Antepänultima *cor* (*corium*) 326; *enoi* 73, *oinai* 76, 479, *ancoi* 380, 474; *omini* 16, 66; *orra* 18, *adorra* 17, *conpofto* Titel, *roig* 3, *roi* 21.

5. *i*, im Gegensatz zu den heutigen italienischen Formen, mit regelrechter Behandlung zeigen *comenz* 3, *lengua* Überschrift vor 21, 69, *pegro* 457, *femeia* 129, *fameia* 130, *confeio* 506, *enreça* 188 (daneben das Verbum *envilia* 134). *i* ist bewahrt im Auslaut und vor Vokal: *fi* (*fit*) 27, *di* (*diem*) 198, 241, 408, *via* 196, *fia* 216 (neben *fea* 20, 219, das sich an *dea*, *ftea* anschliefst): aufserdem in *altiffemo* 1, 597 und in *impio* 247 (neben *empio* 454, *enpio* 475). Entsprechend verhält sich *u*: *nomero* 192, *loro* 569; auch in *fo* 48, *foa* 65, 242, *foi* 74 ist *o* eingetreten; desgleichen in *doi* 36, 92, 211, 363, 388 (männlich und weiblich), *doa* (weiblich) 356, und in *o* (*ubi*) 251, 257, 314, *lao* 117, doch finden sich auch *dui* 325, 509 und *lau* 58. Nur *u* findet sich in den Pronominalformen auf *ui*, ferner in *unca* 223, 263, *plumb* 243, *mnel* 118, 141, 176 (neben *omelitat*, *omeliar*).

6. Das Partic. pf. von *dire* lautet durchweg *dit* 32, 54, 74, *dito* 396, aber *benedictum* hat *e* bekommen in *beneeto* 1. — *directum* giebt *dret* 4, 11, 185, doch zeigt sich *drita* : *dita* 490, wonach man in den Reimen

dreta : *dita* 206, *dito* : *dreto* 184 eine Angleichung von *dreto* könnte eintreten lassen. *çeta* 34, 436 (*çetar* 210) hat *gitadho* 212 neben sich, dessen *i* gewiſs nicht aus der Tonlosigkeit der Silbe zu erklären ist, sondern wie in *ni* (*nec*) 28, 77 (neben *ne* 199) und in *niente* 34, 137, 457, *nigun* 86 aus Einwirkung des sich auflösenden *c*.

7. *au* scheint erhalten in *cauſa* 25, 53, 57, *lauda* 55, *teſauro* 42: aber *coſa* 309, *coſſa* 337, *lod* 184, *loda* 261, *teſor* 434 legen den Gedanken nahe, *au* sei bloſs etymologische Schreibung, zumal da *porri* 12, *porer* 105, *poco* 20, 89, *or* 200, 439 (dazu das tonlose *o* 14 und das den Stamm nicht betonende *loſenge* 364) keine Formen mit *au* neben sich haben. Allerdings fehlen neben *aude* 481 (dazu mit betonter Endung *audho* 153, *audua* 53), neben *pauſa* 26 und den flexionsbetonten *auſaſſe* 91 und *bauſia* 378 auch wieder Formen mit *o*. *al* vor Konsonanten scheint *au* zu lauten: *ſalte* reimt mit *aſaute* 486: *altro* 142, 264 (dazu *altrui* 32) hat *autro* 11, 26, *autri* 70 neben sich; zu dem angeführten *aſaute* haben wir den Indikativ *exalta* 150. *abol* erscheint als *ol* in *parola*, Subst. 205 und stammbetontes Verbum in der Überschrift vor 191, sowie in *ſola* 546. Erwähnt seien noch *aſcolta* 83, *auci* 579 und *alcun* 33, 65.

II. Tonlose Vokale.

8. Vom Schwunde der auslautenden *e*, *i*, *o* wird die Darlegung der Flexion Beispiele geben; hier seien noch erwähnt *fors* 25, 29, 53, 446 (neben *forſi* 380), *quas* 460, *anz* 16, 78 (neben *anço* 578, *auci* 393, 505).

9. In der vorletzten Silbe der Proparoxytona sind *e*, *i* vor Konsonanten geschwunden in *povri* 12, *ovra* 18, *adovra* 17 (neben *porer hom* 105, 136), *vivre* 488 (neben *bever* 553); *enprendre* 35 (*enprendere* 252), *atendre* 36, *defendre* 372, *rendre* 412 (neben *reſponder* 51), *rire* 187, 230, 568, *deſidra* 178, *deſir* 447, *letre* 5, *metre* 6, *autro* 11, *altri* 24: *blaſma* 131, 183, *blaſmo* 276, *lemoſna* 562; *conpoſto* Überschrift vor 1: *dona* 301. *e* hat nicht schwinden können in *acorçer* 77 und ist auch in *nomero* 192, *ſtracorer* 386 geblieben, in *agnoli* 167 mit *o* vertauscht.

10. Wo tonloses *i* der vorletzten Silbe der Proparoxytona nicht getilgt wird, wird es *e*: *unel* 118, 141, *umehnentre* 39, 145 (über *unili*

und *omini* s. §. 1); *femene* 266, 270, *femena* 311, *termen* 242, 379; *anema* 329 (das vielleicht *anma* zu sprechen ist); *altiſſemo* 1, 597 (an welcher letzteren Stelle *o* wohl zu tilgen ist), *proſem* 403 (wo der Vers *proſm* zu verlangen scheint) neben *proximo* 472, *deſeme* 535: *medhego* 515, *ruſtega* 293. In *vença* 20 ist *c* zu *j* geworden. Das tonlose *i* hat in minder volkstümlichen Wörtern sich behauptet: *ſpirito* 2, *abita* 401, *viſita* 533, 539, *debito* 536.

11. *e* vor der Tonsilbe erhält sich im Gegensatze zum toskanischen Verhalten, so in der Präposition *de*, in den tonlosen Fürwörtern, in *reprenda* 13, *reſponde* 49, *retegnir* 19, *ſerà* 116 und oft, *deçunar* 504, *feneſtra* 231, *meſura* 395, 503, *meior* 18, *meiorado* 20. Doch fehlt es nicht an Beispielen des Übertritts in *o*: *doman* 380, 445, 474, *romarrà* 105 (neben *reman* 571, *remaſe* 138 und *deremo* 480, *deventa* 204, *devenrà* 481) oder in *a*: *damand* 356 (neben *demandar* 519), *aſpeta* 430, *aſaute* 486, *axalta* 497 (neben *exalta* 150, 544), *aqueſt* 336. *aquele* 423, und namentlich unter der Einwirkung eines folgenden tonlosen im Hiatus stehenden *i* in *i*: *ſignor* 597 (neben *ſegnor* 444, 448, *ſeingnor* 104), *priſiadho* 220, *deſpriſiài* 331 (neben *deſpreſiado* 560, 576), während bei betontem Stamme dies Wort nur *e* zeigt: *apreſia* 225, *deſpreſia* 340, 396, 472; ebenso *eniⁱriar* 307, *tignudo* 505 (neben *tegnudo* 27). Andern Grund hat der Eintritt von *i* für *e* in *bià* 64, *biad* 362, 503, 540, *lion* 255, 281. In dem *i* von *niente* (s. § 6) sowie in dem ersten von *iſirà* 314 wird eine aufgelöste Gutturalis stecken. Aber woher kommt das *i* von *iſtal* 207, *iſtad* 249, 250?

Vor der Tonsilbe stehendes *i* erscheint zumeist als *e*: *en* 2, *enanti* 470, *enſegnamento* 4, *entende* 49, *enprenda* 9, *deſplas* 32, *deſcognoſente* 33, *ſemeia* 129, *vendegar* 142 (*rençar* 141), *nomenança* 421, *omecidio* 316, *quelui* 31, 543, *vertue* 313. Weit verbreitet ist der Übertritt des *i* zu *a* in *çaſcun* 283, weniger in *ananz* 305, 536: *concoſtar* für *conquiſtar* begegnet auch anderwärts, s. Lexikalisches.

Wo *i* vor der Tonsilbe bleibt, hat man es mit ganz oder halb gelehrten Wörtern zu thun: *umilitate* Überschrift vor 113 (neben *umeltat* 161), *neceſitad* 515, *enfirmitad* 516, *enfermitad* 533, *ſanitad* 534, *abitar* 281, *inferno* 456, *cotidian* 579 oder mit Rückwirkung eines im Hiatus stehenden tonlosen *i*: *omiliar* 8 (neben *omeliar* 124), oder mit der Wirkung des Gegensatzes zu einem folgenden Vokal: *ſiada* 120, 356. *niſun* 33, 485 (neben *nefun* 400) wird sich ähnlich erklären wie *ni* neben *ne*. *befong* 370, *befogna* 345, 107, *befognos* 103 haben ein *bifogna* 71 neben sich, das ich mir nicht zu erklären vermag.

Ein langes *i* wird vor der Tonsilbe nur dann zu *e*, wenn diese selbst ein *i* zum Vokale hat: *fenir* 3, *refino* 178, *refina* 564, *enreqife* 416; doch sehn wir in solchen Fällen tonloses *i* nicht selten bleiben: *finife* 598, *rifino* 361, *enriqir* 409, 422, 429, *eriqife* 453, *primicie* 535 (franz. *prémices*).

Daſs vortoniges *ü* zu *o* wird wie in *foperbü* 8, *foberbia* 113, *omelitade* 442, *omeliar* 124 (neben *umilitad* 600, 603, *umilitate* Überschrift vor 113), daſs es in *conputaa* als einem gelehrten Wort 452 sich erhält, ist kaum der Erwähnung wert; eher daſs es in *mugier* 45, *muier* 287, 291, 315 sich unter der Wirkung des *j* behauptet. Wichtig erscheint der Ersatz des langen *u* durch *e* in *remore* 257, durch *o* in *romore* 418, *dorado* 46, durch *i* in *ftrimento* 95.

Vortoniges *o* ist mit *a* vertauscht in *Salamone* Überschrift und 4 und in *agnanca* 351, das auch bei Uguçon vorkommt, mit *e* in *ferore* 400. *defenor* 150, 261 (neben *onore* 208, 285, 318); mit *i* hat es sich zu *ui* verbunden in dem auch aus Uguçon bekannten *luitano* 362.

Vortoniges *a* erhält sich in den Futuren der Verba auf *ar*; es ist mit *e* vertauscht in *gremeça* 235, 286, 577 (neben *grameça* 160).

13a. Aus *ě* mit unmittelbar folgendem tonlosem *u* hat sich *eu* ergeben, wie die in § 3 angeführten *reu, deu* u. a. zeigen. Damit ist zu vergleichen die (auch aus dem Altfranzösischen bekannte) Entstehung eines einsilbigen *lau, luo* aus *la o* 58, 117, 476.

13b. Rücktritt des tonlosen *i* vor Vokal an ein *a* der vorhergehenden Silbe hat *ai* zur Folge gehabt in den Verbalformen *ai, fai, dirai, aiba* (neben *abia*), die später nachgewiesen werden, in *rairi* 346, *verais* 402, *mainent* 458; dagegen *e* in *parler* 31, Plural *parleri* 69, *primeramente* 21, *lavorer* 164, *penfer* 214, 422, 498 und in dem sehr auffälligen *caftegna* (: *tegna*) 408, *ie* nur in *fciera* 158. Einwirkung auf den Tonvokal ist ausgeblieben in *abia, fapia*, in *favi* 13, *furio* 27, 202, *contrario* 193, *gladio* 382, *verafio* 398 und bei Schwund das *i* in *bafe* 360, *para* 57. In zahlreichen andern Wörtern hat das tonlose *i* im Hiatus seine Stelle behalten und keine umgestaltende Wirkung auf seine Nachbarn geübt.

Von *laimenta* 29 und *puitana* 273 ist aus Anlafs des Cato und des
Uguçon die Rede gewesen: die Diphthonge dieser beiden Wörter erklären
sich nicht so leicht, wie die von *bailia* 110, *aidaraf* 372, *traitor* 455.

13c. Aphärese in Übereinstimmung mit toskanischem Branch zei-
gen *fto* 68, 77, *nojofa* 272 (neben *cnoi* 73), *lemofna* 562, *cafone* 118, *fplanamento* Überschrift vor 1 (neben *efplana* 6); aber über diesen hinaus-
gehend auch *mendar* 238 (was das Recht giebt, auch Z. 7 *debia mendar*
zu belassen), *maeftrar* 237, *morça* 561, *miftad*, das allerdings 348, 384,
390, 399 jedesmal ein auf *a* ausgehendes Wort vor sich hat, *legro* 160,
302, 463, *legreça* 291, 417, 433, das man auch 236 von *granda* getrennt
lassen darf, *leça* 492, *bandonar* 532 (neben *abandona* 294), *refina* 564,
fpeta 116 (?), 487 (?), *fcoltar* 233 (neben *afcolta* 83), *fcofa* 271 nicht ganz
sicher, da *volta* vorhergeht und *afcofo* 228 sicher ist. Im Gegensatze zum
Toskanischen kennt unser Text *enemig* nur mit erhaltenem Anlaut 344,
360, 375, 485.

III. Konsonanten.

14. *li* vor Vokal bei Tonlosigkeit des *i* stellt sich als *i* ($= j$)
dar, das auch im Auslaut stehn kann, und für welches (als gleichbedeu-
tendes Schriftzeichen?), zumal nach Abfall des *o* im Auslaute, auch *g* eintritt: *meior* 18, *meiorado* 20, *fiioli* 44, *piiado* 324, *confeiar* 505, *mugier* 45;
orgoio 40, *toia* 146, 603. *voia* 457, *taia* 325, *raia* 365, 373. *caia* 502, *travaia* 374, *confeio* 506. *femeia* 129, *fameia* 130: *voi* 21, 113, *roig* 3, 191,
miei 413, *mieg* 89, 148, *mei* 417, *confeg* 514, *fig* 1. Entsprechende Behandlung des *ll* von *illi* auch vor Konsonanten werden wir beim Artikel und dem Pronomen kennen lernen. Besonders zu erwähnen ist *nuio*
(*nullum*) 431, 468, 500, das auch bei Uguçon begegnet ist, und *aguaia*
425, über dessen Betonung auch hier der Vers keine Auskunft giebt. und
mit dem sich Mussafia Beitrag 24 beschäftigt hat.

15. *cl, pl,* *gl, bl, fl* erhalten sich unverändert: *mefcladament* 191,
fclapuçar 483, *reclus* 573; *plui* 14, *plu* 22. *plen* 175, *plumb* 243, *plaid* 418.
plana 585, *fplanamento* Überschrift vor 1, *efplana* 6, *defplas* 32. *femplo* 103.
dopla 159; *gloria* 448, 597, *gladio* 382: *blafmado* 45, *blaftema* 81: *fladio* 19,

nur dafs für *cl* (*tl*) zwischen Vokalen im Wortinnern auch *gl* eintritt *ogli*
269 (neben *oclo* 587), *regleça* 531.

16. *t* zwischen Vokalen erhalten erscheint in *fpirito* 2. *abitar* 281,
401, *rifita* 533, *debito* 536, *omilitat* 114, *enfirmitad* 155, *conputado* 202, die
auch durch den vor *t* unverändert erhaltenen kurzen lateinischen Vokal
sich als Wörter gelehrter Überlieferung verraten, und in *natura* 256, das
gleich wenig volkstümlich sein mag, aufserdem in *vita* 110, 242, 443, das
auch im Cato so lautet, *bruto* 453, für welches Gröber Substrate S. 253
bruttus als Grundlage ansetzt, *muti* „stumm" (: *tuti*) 83; *pecato* 316, *amiftate* 46 sind ohne Zweifel mit *d* gesprochen, findet man doch *pecad* 169,
enfirmitad 155, *iftad* 249 (neben *iftat* 207) daneben, und mit gleicher Behandlung *flado* 19, *ladi* 325, *fpada* 325, *fiada* 120, *meiorado* 20, *dad* 90,
pecador 447, *enperador* 468, *çançador* 73, *fradeli* 43, *fradel* 362; *vedar* 555,
vedafe 310; *marid* 277; *tegnudo* 27, *pud* 82, *vertude* 437, *pudor* 74. Mit
der auch im Uguçon häufigen Schreibung *dh* treten auf *gitadho* 212, *rafonadho* 219, *prifiadho* 220, *portadhura* 567. Gänzlich geschwunden ist die
intervokale stimmlose Dentalis in *conputaa* 452, *mario* 45, *auduo : tegnuo*
154, *audua : tegnua* 54, *perdua : retegnua* 590, *vertue* 313, und bei dahinter
geschwundenem *e*, *o* in *bontá* 66, *porertá* 475; *biú* 64, *defprifiú* 331. *ferri*
148, *tegnú* 262. Die Konjunktion *et* erscheint meist abbreviert τ, so dafs
zwischen *ed* und *et* die Wahl bleibt: Z. 129 steht *ed a* (oder eigentlich
e da), öfter vor Vokalen *et*, so 114, 193, 370, 402, 601, so dafs es der
Neigung des Schreibers entspricht, die Abbreviatur in *et* aufzulösen; aber
599 mufs die durch sie bezeichnete Konjunktion mit dem folgenden *a* zu
einsilbiger Artikulation verbunden werden.

d erscheint zwischen Vokalen erhalten in *guadagno* 79, *adalça* 227,
veder 194, *fedel* 373, *credence* 492, *laudar* 23, 366, *audua* 53; *vada* 314,
rada 326, *lauda* 55, *aude* 481, *guida* 589 und bei Abfall des Endvokals
in *cred* 545, *lod* 184, auch in der Präposition *ad* vor Vokalen *ad altri*
24, *ad ogn* 74, *ad un* 19 und im Relativpronomen *qed al* (geschrieben
qe dal) 602. Es ist *dh* dafür geschrieben in *gadhal* 278, *fedhere* 275,
fidhança 487; *vadha* 246, 483, *medhego* 515, *ridha* 485, *modho* 566. Gänzlich geschwunden ist *d* unter gleichen Umständen in *beneeto* 1, 334, *traitor* 455 (zweisilbig), *fea* (== it. *fede*) 406, *enfia* 392, und bei Abfall eines
auslautenden Vokals in *fe* 387, *ve* 75, *ri* 563, *auci* 579, *pro* 236. — *di*

bei Tonlosigkeit des *i* vor Vokal hat *ç* ergeben in *enreça* 188 (neben *enrilia* 134), *meçan* 339, so auch in den mit übertragenem *i* gebildeten Formen *creça* 52, *caçer* 167, *caçere* 276: in *ancoi* 474, *enoi* 73, *oimai* 76 ist der hinter *i* befindliche Vokal geschwunden, bevor *ç* entstehen konnte; in *gladio* 382, *ſpendio* 420, *concordio* 176, *deſcordio* 175, *faſtidio* 73, *diavol* 280, *cotidian* 579 liegen gelehrte Wörter vor. Auch *die* nach oder vor dem Ton und vor *a* hat *ç* hinterlassen in *rença* 29, *rençar* 93, 141 (neben *vendegar* 142), woran sich *mança* 212, *mançar* 389 schliefsen.

Wenn *nt* Auslaut wird, so bleibt es oder verliert *t*: *tant* 69, *quant mal* 181, *tan parlare* 48: entsprechend verhält sich *nd*: *mond* 42, *quand dieu* 55, *quand luogo* 162, *quand l'omo* 343, *grand gracia* 63, *ſegond ge* 64: *gran corteſia* 94, *gran part* 202, *don deu* 391, sogar *quau e* 345 (daher auch für *inde* sowohl *nde* wie *nd*, *n*); auffällig ist, dafs in französischer Weise *nd* sich in *nt* wandelt: *favelant* 70, *grant deſdegno* 135, *grant part* 270, sogar bei folgendem Vokal *reſpont unelmentre* 39, *grant onta* 121, *dont a* 135.

p zwischen Vokalen ist in etwas weiterem Umfang als im Toskanischen zu *v* geworden, zu *trova* 5, *porri* 12, *ſorran* 28 (dazu *ſovra* 27), *ſavio* 27, *ovra* 18, *adorra* 17, *ſaver* 9 gesellt sich auch *lovo* 569; neben dem nicht völlig volkstümlichen *ſoperbii* 8, *ſoperbia* 115 findet sich *ſoberbia* 113 und in der vorangehenden Überschrift. Auch *b* ist vor *r* zu *r* geworden in *enivriar* 307. Wie in Uguçons Gedicht ist auch hier ursprüngliches oder *b* vertretendes *v*, wenn es in den Auslaut zu stehn kam, in *ſ* übergegangen: *catiſ* 83, 472, *neſ* 207, *leſ* 243, *leſ-men* 496 (neben *lierementre* 419) und die Konditionale (3. Sg.) *aidaraſ* 372, *poraſ* 483 u. a. neben *rorare* 14, *parrare* 371, s. unten § 53. *v* zwischen Vokalen ist wenigstens in *çoa* nach *u* gefallen 197; *rolçe* 213 ist wie tosk. *rolge* eine durch Übertragung zu erklärende Form, deren *ç* gleich *cj* zu setzen ist.

17. Gutturales *c* zwischen Vokalen ist fast durchaus zu *g* geworden, nicht allein in *luog* 24, *rergogna* 72, *prega* 153, *pagará* 111, die zu den toskanischen Formen sich stellen, sondern auch in *amig* 11, *mendigo* 478, *dig* 14, *diga* 85, *ſog* 561, *ruſtega* 293, *medhego* 515, *ſegond* 64, *ſegondo* 203, *ſegur* 298, *nigun* 86, *çoga* 382. In *poco* 20, 417, *poyeto* 463 ist gleiches nicht geschehn (vgl. prov. *auca*, *rauca*, *pauca* und die entsprechenden span. Formen), ebensowenig in *iocundo* 170, *delicadamente* 553. Das

zwischen *i* und *a* in *j* aufgelöste *c* stellt sich als *ç* dar in *plaideçar* 523.
fk wird auch vor *i*, *e* durch *fc* dargestellt: *fciva* 67, *efciva* 259, *fcirar*
355, *fciera* 158, *fcernido* 331, *fcergnir* 531 (s. Cato § 19 Anm. und über
g mit gutturaler Geltung vor *e*, *i* hier § 19).

18. *x* erscheint selten verwendet: in *luxuria* 270, *luxuriofa* 559
mag das lateinische Schriftzeichen den alten Doppellaut bezeichnen, *proximo* 472 hat *profem* 403 neben sich, das für die Aussprache *f* zeugt, ob
tönendes oder stimmloses will ich nicht entscheiden; *laffa* 18, 194, *laf-
fará* 144 sprechen für letzteres; *exalta* 150, 544 und *axalta* 497 werden eher
stimmloses *f* haben wie *afaute* 486. *dixemo* 479 ist die einzige Form, wo
intervokales assibiliertes *c* ein durch *x* dargestelltes tönendes *f* ergeben
hat, während dieses sonst durch *f* dargestellt ist, vor dem Ton in *tafer*
60, *tafere* 63, *tafefe* 85, *plafer* 158, *defeta* 383, *refino* 178, *vifino* 361 (nicht
in *omecidio* 316, *lucent* 557), nach dem Ton in *nos* 22, *ros* 227 (: *afcos*
228), *plafe* 359, *defplafe* 56, *defplas* 32. *pus* 176, *tus* 62, *des* 124, *dies* 215,
des 434, *defeme* 535, *dife* 60, *dis* 30, *amifi* 102, *antifi* 98, *hifi* 368 (?). *c* im
Anlaut oder nach Konsonanten vor *e*, *i* giebt einen durch *c* oder im Auslaut *z* dargestellten Laut, der wohl stimmloses *z* ist: *cercar* 3, *cercafe* 428,
celad 350, *celado* 358, *celar* 494, *çafcun* 283, *dolz* 170, *dolce* 96, *torce* 75,
ebenso *c* vor tonlosem *i*, das einen Vokal nach sich hat: *plaça* 599, *defplaça* 57, *faça* 595, *taça* 58, *foça* 133, *foz* 103, 393 (über den Laut des
z in toskanisch *fozzo* sind Rigutini und Tedeschi ungleicher Meinung,
jener läfst ihn tönend, dieser stimmlos sein, s. auch Buscaino Campo,
S. 63), *marça* 80, *çò* (it. *ciò*) 15, *ça* (glbd. mit it. *qua*) 146; Ausnahme
machen *çudifio* 606, *rerafio* 398, *veras* 338, *rerais* 402, in denen aber auch
i nicht untergegangen ist. *t* vor tonlosem *i*, das einen Vokal nach sich
hat, giebt nach Konsonanten *ç* (am Wortende *z*) *força* 2, *morça* 561. *començar* 26, *comenz* 3, *anci* 393, *anço* 578, *anz* 16, *nomenança* 421, *aconça*
451, *lençone* 47, *caça* 316, *percaça* 315 (abweichend wie überall *uffo* 213,
232); nach betontem Vokal desgleichen: *vez* 342 (woher *veçad* 546), *mateça* 54, wovon *ferrifio* 131, 534, *defprefia* 165, 171 (dazu *prifiadho* 220)
abweichen, indem sie auch *i* wahren, und *facio* 140, *primicie* 535, *gracia*
63, 287, 300 sich als Wörter der Schule noch weiter entfernen: vor dem
Ton *f*: *rafon* 3, *rafone* 48, *fafon* 108, 348. — *fc* vor *e* oder *i* stellt sich
ebenfalls als *f* dar, doch wird dieses hier den stimmlosen Laut bezeichnen,

wofür die Schreibung *naffe* 292, *paffe* 291, 251 neben *cognofe* 59, *cogno-fent* 187, *defcognofente* 33, *recres* 74, 347. *fofrife* 397, *enmatife* 580, *nefio* 308 zeugt. — *f* vor tonlosem *i*, dem ein Vokal folgt, finden wir als tönendes *f* wieder in *cafone* 118, 230, 347, *grifi* 346, *bafe* 360.

19. Anlautendes *j* ist vorherrschend durch *ç* vertreten: *çi* 78, 118, *çoa* 197, *çongo* 336, *çoya* 382, *çudifio* 606, *çeta* 34, 80, 436; letzterem steht *gitadho* 212 als einziges Beispiel von Verwendung des *g* zur Seite, während *i* öfter auftritt: *iufto* 165, 565, *iufta* 230, *Iuda* 456, *iocondo* 170. Entsprechend verhält sich *j* im Inlaut: *peço* 34, 256, *peçor* 262, *deçunar* 504; *maior* 30, 42, 99, 217. *g* vor *e* oder *i* ergiebt ebenfalls *ç*: *çente* 12, *cente* 22, *arçent* 439, *acorçer* 77, *acorçe* 188, *acorce* 591, *reçe* (*regit*) 333, 451, *leçe* (*legit*) 452, *leçu* 492, *ençegna* 233, *planz* 241, *traz* (it. *tragge*) 120, *conz* (l. *çonç* ?) 484; daneben finden wir *gefte* 98, mit abgefallenem *j* für *g le* (it. *legge*) 16, 538 und mit ebensolchem Verlust im Wortinnern *maiftri* 163, *amaeftra* 35, *maeftrar* 237; beim Laute *j* ist *g* beharrt in *agnoli* 167. Gutturalen Laut bezeichnet *g* in *caftige* 38, *prege* 507, *priege* 508, *page* 536, *largi* 87 (vgl. über *fci* § 17). In *çoi* 433, *çoiofo* 463 vermag ich nicht mit Ascoli Abkömmlinge von *jocus* zu sehn (Arch. III 436 Anm.), eher noch würde ich es für erlaubt halten die Annahme einer Entlehnung aus dem Provenzalischen oder dem Französischen gegen die einer Assimilierung des Anlauts der ersten an den der zweiten Silbe zu vertauschen, einer Assimilierung, deren Wirkung nachmals durch Weiterentwickelung des Anlauts wieder verloren gegangen wäre (*gau-jo*, *jau-jo*, *çoi*). — Über *dj* s. § 16.

21. *tr* und *dr* haben zwischen Vokalen ihr erstes Element eingebüfst: *pare* 1, 44. 507, 532, *mare* 532, *laro* 455, *vero* 557, *porá* 19, *poraf* 483, 593 (aber *nudriga* 273): *rire* 187, 230, 568, *defirar* 424, *defir* 447, *crerá* 513 (neben *redrá* 140, *redhrá* 414, *defidra* 178), wo allerdings, da *d* ursprünglich intervokal ist, es auch vor dem Zusammenstofs mit *r* geschwunden sein kann, s. § 16.

24. *w* erscheint als *gu* in *guadagno* 79, *guarda* 85, 108, *guarde* 146, *guaita* 233, *guarive* 283, *guera* 168, *guerra* 257, *guida* 589. als *v* in *varde* 9, 23, *varda* 118.

24*a*. Gemination ist auch hier selten; finden wir sie in *peccado* 99, 174 (sie fehlt in *pecad* 169, *pecador* 166), so treffen wir dagegen den einfachen Buchstaben in *boca* 65, *toca* 66: *meto* 2, *letre* 5, *metre* 6, *tuto* 19, *atendre* 36, *porreta* 328, *benecto* 1, *dret* 4, *oto* 198, *trate* 352, *ferito* 5, *mati* 9, *enbateffe* 259; *tropo* 7, *apela* 62: *aferma* 4; häufiger begegnet sie bei *l, n, r, f:* *illi* 17, *fello* 132 (aber *elo* 62, *belo* 131. *vilan* 31, *fradeli* 43, *folia* 51); *fenno* 511 (aber *feno* 312, *done* 10, *pene* 425; dafür *a penna* 530 wie bei Uguçon 923); *terra* 573 (*tera* 167), *guerra* 257 (*guera* 168), *porreta* 328, *deferra* 574, *corrente* 585 (*ftracorer* 386), *parrare* 371 (*pará* 586), *terrá* 20 (*terá* 332), *romarrá* 105 (*verá* 596, *vorare* 14, 470); *altiffemo* 1 (*ultifemo* 597), *poffa* 8, 234, *nofeffe* 86, 260, *enbateffe* 259 (*tufefe* 85, *aufafe* 91), *poffefion* 299, *groffa* 322, *effer* 119 (*nifun* 33); für *fe* in *paffe* 251, *paffe*: *naffe* 292 (*cognofe* 59) u. s. w., endlich in einigen Wörtern, die im Toskanischen einfaches aber stimmloses *f* haben: *coffi* 79, *coffa* 337, 365, *cauffa* 124 (*caufa* 57, 125) und im Anlaut in *a ffi* 248, *e ffe* 106.

24 *b*. Das zweite Element der Gruppe *kv* erscheint wie im Italienischen behandelt: *que* erscheint weit seltener als *qe*, so dafs letzteres als treueres Abbild des Gesprochenen wird gelten dürfen; auch in *quier* 288, *quer* 143 wird *u* müfsig sein. *cotidian* 579 hat auch Uguçon, ebenso *unca*.

24 *c*. Auslautendes *m* ist in *n* gewandelt in *fon* 369 und der Präposition *con*: *con l'om* 47, *con lui* 121, *con doi* 363, *con lofenge* 364, doch erscheint diese auch in der Form *com*: *com un om* 173, *com femena* 275, *com el* 499. Auch *como* 56 tritt, wenn es seinen Endvokal abwirft, in beiden Formen auf: *com fen debia* 7, *com coven* 10, *com fe vorare* 14, *com e* 96; *con fe trova* 5, *con li irofi* 8, *con povri* 12. Auch im Innern des Wortes wechseln *m* und *n* vor *p* und *b*: neben *compagnon* 41, *fempre* 245, *femplo* 103, *tempo* 246, 108, *enfembre* 139 treten *conpofto* Überschrift vor 1, *conporte* 44, *conporta* 180, *fenpre* 88, *enfenbre* 371, *enprendre* 35, *rampogne* 186, *enbriga* 86, *entranbe* 114 auf.

24 *d*. *n* im Auslaute ist gefallen in der Negation, die zwar vor Vokalen *non* lauten kann: *non e* 47, *non entende* 49, *non a* 214, *non arrá* 334, vor Konsonanten aber immer *no* lautet: *no dirai* 13, *no fan* 16, *no po* 18 und daher auch mit tonlosen Fürwörtern und *nde* verwächst: *nom reprenda* 13, *nol trovo* 15, *non fea meiorado* 20, *non terrá* 20, aber auch vor Vokalen diese Form annehmen kann: *No e vic ne ferá* 411, und dann mit denselben in einsilbiger Artikulation zusammenfliefsen darf: *E no e maior tefauro* 42, *l'amor de deu no arrá* 115, wenn sie nicht ihren Vo-

kal ganz einbüfst: *f'el n'e rico* 306, *n'e bon preftar lo fo* 529. Auch die Präposition *en* (*en cui força* 2, *en proverbi* 5) scheint ihr *n* einbüfsen zu können; ist vielleicht im ersten Verse *E nome* mit *El nom* oder (nach 598) *Al nom* zu vertauschen, so kann doch die Verbindung *el* für *en lo* nur zustande kommen, indem *n* untergeht oder doch dem *l* sich assimilie t: *el mond* 42 (*enl reng* 170, *enl pileng* 213 scheinen wie die entsprechenden im Buche Uguçons etymologische Schreibungen); und gleichermafsen wird das *n* thatsächlich geschwunden sein in *benl comanda* 538, während für *El anl rerais* (= *El ane lo rerais*) 402 allerdings ein gleiches schwer annehmbar ist, so dafs dort vielleicht *E an lo rerais* zu schreiben sich empfiehlt. Das aus *m* entstandene *n* der Präposition *con* kann wie das von *en* schwinden, nicht allein vor dem *l* des enklitischen Artikels *col fo* 182, *col lion* 281, sondern auch vor dem des proklitischen *co l'autro* 549 (neben *con l'om* 47). Im Inlant fällt das *n* der Präfixe *con* und *en* bisweilen: *coven* 10, *coviene* 64 (neben *convien* 125), *eriqife* 453 (neben *enriqir* 409, 429); auch in *ognucan* 109, das dem *agnucan* des Uguçon (mit Punkt über *n*) nahe steht, dürfte man nicht einen Fehler zu sehn haben, obschon *ognunca* 298, *agnunca* 351 überliefert sind. Vor tonlosem *i* (*e*), das einen Vokal nach sich hat, ist *n* palatal geworden: *bagno* 80, *ogno, vergogna* 72, *rergoigna* 108 (*ndj*), *regna* 36, *veigna* 140 u. dgl., auch vor blofsem *i* in *retegnir* 19, *vegnirà* 518 (neben *renir* 75, *tenir* 31), deren *gn* man allerdings im Hinblick auf *tegnudo* 27, *tegnua* 54, *tignudo : veg[n]udo* 506 auf Einwirkung des Präsensstammes zurückführen mag, während eine gleiche Erklärung für *fcergnir* 531 ausgeschlossen ist. Merkwürdig ist das *ag* (= *anni*) von 46: es erinnert an das im Uguçon § 24 *d* besprochene und auch hier sich wieder findende *luitan*. *gn* verhält sich wie im Italienischen: *enfegnamento* 4, *reng* 170, *regna* 419, nur dafs es auch in *defcognofcente* 33, *cognofe* 59 nicht einfachem *n* gewichen ist. Eingeschoben ist *n* wie im Italienischen in *inverno* 250, aufserdem in *caftefo* 134, 156, das auch im Cato, Uguçon und sonst begegnet und hier als einzige Form des Wortes erscheint.

24 *e*. Umstellung hat *r* erfahren in *entrego* 454 (?). Es ist durch Dissimilation eingetreten in *meltris* 321 (wie im afz. *miautris*), und ist nach *t* eingeschaltet in dem *-mentre* neben *-mente*, *-ment* zahlreicher Adverbia.

24*f.* Ursprünglich auslautendes *f* findet sich hier nirgends; das dasselbe in *mai* 17, 19, 40, 62, *plui* 14, 58, 323, *puoi* (*pof-t*) 412, *poi* 506, 510, *noi* 168 ersetzende *i* ist öfter aufgegeben: *ma* 38, 108, 438, *plu* 22, 124, *po* 84. Formen mit anlautendem *fp*, *ft*, *fc* kommen auch nach Konsonanten vor: *del fpirito* 2, *podes fcoltar* 233, *l'onor fciva* 67 (*l'efciva* 259), *l'amel fta* 118, *el fta* 213. Endlich erwähne ich das bei Dante und andern alten Toskanern vorkommende *ca* für *cafa* 231.

IV. Flexion der Nomina und der Pronomina.

35. An Nominativformen gewährt der Text nur geringe Ausbeute: *hom* 33, *om* 38, *drago* 281, *laro* 455, *fello* 132, *fel* 248, vielleicht *peço* 586.

36. Der Plural der Feminina geht auf *e* aus, *i* haben nur diejenigen, die vor der Endung einen Vokal haben; also *letre* 5, *done* 10, *alte caufe* 125, ferner *le fine amiftate* 46, *parole fotile* 215, *le dolce parole* 367, *tute maltate* 391, *riqeçe grande* 427 (Singular *riqeça grande* 431); endlich *doi lengue* 363 (männlich *dui ladi* 325, *un an o dui* 509, *doi dan* 36, *doi mal* 182, *un an o doi* 388), *le foi riqeçe* 449, *foi credence* 492, *le foi man* 508, *rei femene* 602, daher auch *bone e re*[*i*] 267. Abfall des *e* der weiblichen Pluralendung hat nur statt, wo sie italienischem *i* entspricht: *le tençon* 137, *grand riqeçe* 419, 423, *de peçor* (*eniurie*) 526, *tal* (*tençone*) 138; ohne Endung tritt begreiflicherweise auch *ca* auf: *tute le ca* 295. — Der Plural der Masculina hat zur Endung *i*: *proverbi* 5, *foperbii* 8, *boni coftumi* 10, *favi* 13, *omini* 16, *parleri* 69, *rari* 387, *grandi defdegni* 575, s. auch § 1. Gutturaler Stammesauslaut ist vor *i* unverändert in *riqi* 12, 462, *poqi* 398, *ric avari* 434, *largi* 87, dagegen gewandelt in *antifi* 98, *amifi* 102, 345, *antis* 519, vielleicht auch *bifi* 368. Von Wörtern, deren Stamm auf *l* ausgeht, zeigt neben *fradeli* 43, *fiioli* 44, *foli* 70 und den gekürzten *tal* 69, *mal* 182, höchstens *i agnoli* 167 eine Besonderheit, wenn es wirklich nur zwei Silben bilden und *i* nicht einfach abgeworfen werden soll. Von *ag* (*anni*) 46 s. § 24*d.* Abfall des Plural-*i* ist in weitem Umfang gestattet: *doi dan* 36, *tut foi dit* 74, *mort fem* 76, *li catif* 83, *ric avari* 434, *tuit* 340. — Die Neutra *gefte* 98, *bele veftimente* 497 zeigen weibliche Endung.

4*

38. Anschlufs von Wörtern, die auf *e* ausgehn sollten, an den Typus der lateinischen zweiten oder der ersten Deklination je nach dem Geschlecht zeigen schon im Singular *ogno defcordio* 175, *ogno ben* 282, *ogno peccado* 189 (*ogna luog* 297), *nomo* (: *onno*) 472, *legro* 160 (italienisch), *un mefo* 198; *ogna le* 16, *ogna nova* 100, *granda legreç* 236 (*grand alegr.?*), *legra banca* 302, *femena comuna* 311, *feu* (= *fede*) 406; umgekehrt *çente* 123 wie bei den alten Sizilianern und Toskanern. Über *eu* am Wortende s. § 3.

Abfall der Auslaute *o* und *e* im Singular ist in weitem Umfang möglich: *grop* 320 (*trop* 73), *tenp* 470, *corp* 548; *part* 22, *mort* 241, 430, *dit* 32, *tut* 32, *mat* 37, 77, (*taft* 174), *fet* 241; *Girard* 6; *ric* 459, *poc* 89; *preg* 153, *amig* 224; *meltris* 321, *befognos* 103, *pus* 176, *vos* : *afcos* 228, *cortesment* 151; *apres* 113, *ades* 128; *rez* 342; *reng* 334, 170, *befong* 370; *fig* 1, *Pateg* 6, *mieg* 89, 148, *confeg* 514. Nach intervokalem *t, d* s. § 16, nach *nt, nd* s. ebenda, nach *v* (wofür dann *f*) s. ebenda.

39. Der bestimmte Artikel: *lo fplanamento* Überschrift vor 1, *lo par* 29, *dis lo fcrito* 266, *lo lion fort e l'orfo* 255, *qe l'autro* 26, *l'amor* 41, *l'un l'autro* 194, *l'antigo* 376. — *al mat* 239, *a l'autre* 11, *a l'omo* 57, *a lo di* 408 (wie bei Uguçon 346); *del pare. del fig* 1, *de l'an* 268, *del fpirito* 2; *dal mario* 45; *en lo rifo* 227, *en l'enftefo* 174, *el mond* 42, *el cor* 279, *el fo reng* 334, *el fen* 323, *enl reng* 170, *enl pileng* 213; *con l'om* 47, *co l'autro* 549, *col fo* 182, *col favi* 254, *col lion e col drago* 281, *col lovo* 569; *per lo calore* 207; *entrel fo tan parlare* 48; *el* (= *et lo*) *mal* 18, *el maior* 30, *el ben* 67; *fel piçol* 29, *fel ben* 56, *quandol foperbio* 181, *comol can* 212, *mal mat* 108, *tutol ben* 17, *tutol pecad* 169, *torcel nafo* 75, *perdel fo* 274; über *anl* (*anche lo*) 402 s. § 24*d*.

la mugier 45, *l'antra çent* 192, *l'iftad* 249; *a la çente* 186; *de la çente* 202, *de la lengua* 21; *en la fou* 158; *per la feneftra* 231; *entre la çente* 12.

li favi 13, *li fradeli* 43, *li catif* 83, *fe li autri* (4 Silben) 70, *li umili* (4 Silben?) 170, *li trofi e li* (3 Silben) 8, (*departir*) *i amifi* 102, 345, 367, *i agnoli* (2 Silben?) 167; *a i ogli* 269; *de li prorerbii* Überschrift vor 1, *de li foi* 592, *de li mati* 265, *dig compagnon* 41, *dig baron* 98, *dig maior* 99, *dig maiftri* 163, *dig favi* 188, *dig pecadi* 504, *dig antis omini* 519; *dui pecadhi* 509; *fovraig riqi* 462; *e i omini* 66, *e li* (einsilbig) *foperbii* 8, *qig autri* (che gli altri) 92, *qig ſiiol* (che i figliuoli) 507, *tutig ver diti* (tutti i veri detti) 101.

le ſine amiſtate 46, *tute le altre* 318, *le primicie e le deſeme* 535; *a le donc* 10, *a le ſoi man* 508, *en le ſoi riqeçe* 449.

40. *da* erscheint nirgends an Stelle von *de* gebraucht.

41. Persönliches Fürwort.

a. eu 13, 14. Der betonte Casus obliquus kommt nicht vor. Der tonlose lautet *me* 370, 509 und ist in Z. 2 einzuschalten; sein *e* ist elidiert in *m'e viſo* 197; es ist verloren in der Enklisis *nom* (oder *nem*) *ferve* 370. — *noi ſem* 168; tonlosen Casus obliquus zeigen *ne dis* 266, *ne dia* 603, in der Enklisis *ken dea* 599, *e ſin guard* 600, *e guarden* 602, 605, *façan* 605; *ſe* für *ne* findet sich hier nicht, was zufällig sein kann, da die erste Person überhaupt sehr selten vorkommt.

b. tu 523, 524. Casus obliquus betont: *ſovra te* 528, *teg' enſenbre* 371, tonlos: *te parrave* 371, *te fos* 372, *te pará* 586, *t'aidaraſ* 372, *ſi t'acorda* 524. — Plural nur im tonlosen Casus obliquus nachweisbar: *ve voi contar* 113, *ve digo* 358 (in *ve çongo* 336 könnte *ve* Adverbium sein).

c. elo Überschrift vor 21, 62, *el no de* 26, *el vol* 32, *el ſarela* 61, neutral: *el ge n'e fors* 25, *el non e qi l'apela* 62, *el ie beſogna* 107, ebenso 120, 520; männlich steht als Nominativ einmal *lo* 512. Casus obl. betont: *a lui* 112, *ſença lui* 116, *con lui* 121, aber in *deventa tal con lui* 204 steht *lui* für den Nominativ wie andererseits *el* als Casus obl. in *com el no ſe tençon* 499. Tonloser Dativ: *li dirá* 53, *li des* 124, *li torn'* 216, *li vol ben* 241, *li vegna dano* 394, öfter *ie* oder, was damit eins, *ge: icu vegna* 36, *ie 'nſegne* 38, *no ſe ie tien* 39, *ie val* 50, *ie deſplaſe* 56, *ic reigna* 140, *ge torce* 75, *ge vien* 242 (wo *ge* Adverbium sein kann), *i'avia* 54, *i'arrá dad* 90, *i'arien* 121: mit vokalischem Auslaut des vorangehenden Wortes verbunden: *qeil deſplaça* 57, *qei noſe* 132, *qeig noſeſſe* 260; *qiy da* (= chi gli dà) 374; *noi noſeſſe* 86, *noi tol* 108, *noi laſſa* 326; *ſiy* (= ſi gli) *ſai* 261, *ſiy torn'* 150; *eg ſai* 286; *quandoi beſogna* 432; *ſe la ſoberbiuy monta* 122, *ontaiy dona* 278. Tonloser Accusativ: *lo vol* 6, *lo ſai landar* 60, neutral: *lo ſerva* 142; *l'eſplana* 6, *qi l'apela* 62, neutral: *ſar l'anſaſe* 91; mit Verlust des *o* enklitisch: *nol trovo* 15, *qel deſdegne* 37, *qil trova* 42, *iel da* 55, 283, *iel comandaſe* 309, *deul da* 236, 362, *ſal tornar* 308, *toſtol recordará* 240; *benl comanda* 538.

ela 22, 40, 246, *el'e* 273, 293. Casus obl. betont: *per lei* 290, *forra lei* 303; *de li* 260 (wo *li* auch Adverbium sein kann). Tonloser Dativ wie fürs Masculinum: *li fai onore* 285, *ie 'nfegna* 319; mit vokalischem Auslaut verwachsen: *foperbiai eres* 285. Tonloser Accusativ: *la conporte* 44, *no ie la de dir* 58, *l'avrà andua* 53, *qi l'a* 284.

illi 17, *ilil re* 75, *q'ig fa ben* 15, *f'ig vol anq ig parlar* 24, *q'ig* 88, 507, *ilg* 81 (?). Betonter Casus obl.: *per lor* 15, *de lor* 25, 84, *lauda fi e lor* 164, *qel pare priege lor* 508. Der tonlose Dativ lautet wie im Singular: *fe li autri li fala* (*mancan loro*) 70. Tonloser Accusativ in Anlehnung *qig* (*chi li*) *va ranpognando* 368, *bandonar noi de* 532, *quandoi leva* 269.

ele 296, 425. Betonter Casus obl.: *fença ler* 296, *de lor* 405 (erstere Form begegnet häufig in Super natura fem). Tonloser Accusativ: *ben le fa* 98, *el le farà* 144, *no le de defirar* 424.

d. Betont: *antrui e ffe* 106, *plui favi om de fe* 128, *da fe fi la remova* 190, *çoya feyo* 382, *fi enftefo* 156, *lauda fi e lor* 164, *de fi* 224, *a ffi* 248, *perdud a fi e deu* 330, *fi e lui* 396, *huitan de fi* (= *da lui*) 564. Tonlos: *fe trova* 5, *fen debia mendar* 7, *fe poffa omiliar* 8, *fe varde qi fe vol far laudar* 23, *laudarfe* 220, *no f'atent'a vençar* 141. Angelehnt: *nos po tenir* 228.

42. Demonstratives Pronomen und Adjektiv: *queft a* 76, *cognofent om e quefto* 187; *en quefto mondo* 133, *en queft mond* 264; *aqueft altro* 336; *qe 'n fto mondo* 68, 189, *fto mal* 77, *fto dir* 335. — *quelo qe blafma* 183, *quelo non e dret omo* 369, *foperbi om e quelo* 127; *quel qe çeta* 80, 103, 206, *quel non e bon amigo qe* 363, 381, *mat e quel qe* 294. *quel e quel qe'nregife* 416 (Nominativ); *quel vifita e caftiga* (Accusativ) 539; *quelui qe vol far ben, tenporivo fe leva* 543, *malparler fe po tenir quelui* 31 (wenigstens im ersten Falle Nominativ); *de quili qe* 7, *da quig qe* 241. Adjektivisch: *en quel mal* 134, *quel altro* 182; *quig amifi* 387, *quig enftefi* 510; *dopla foperbia e quela* 159, *con quela* (*muier*) 317, *qu'la* (*amiftate*) 348; *aquele grand riqece* 423. — Neutral: *queft en rero re digo* 358, *recordando quefto* 496; *ço m'e vifo* 197, *ço e la meior coffa* 337, *ço e fen* 193, *ço q'iy de* 15, *ço qe dir ie rolia* 52, *de ço c'arien* 77; *fegur fea de quelo c'ognunca mal avrà* 298, *faça quelo ond el aiba vergoingna* 304. *nol de laffar per quelo* (deswegen) 342, *nol dig eu per quelo* 493, so auch

in der Konjunktion *per quel qe* (*perciocchè*) 22, 406, gleichbedeutend mit *per ço qe* 88, 513.

tal (solcher) 53, 69, 87, 89, 94, 104, 126, 131, 138, 421, wo zum Teil auch schon die Bedeutung „manch einer" angesetzt werden kann, immer aber entweder förmliche Hinweisung statthat oder eine Determination durch Relativsatz oder einen Satz mit *com* folgt; es fehlt beides in *tal fiada* „manchmal" 120; bemerkenswert ist der Gebrauch von *tal* in 446, 554, wovon später. *cotal guadagno con* 79, 264. *autretal* 253, 518. *catrel fo tan parlare* 48; neutrales *tanto* 209, adverbiales 69. *cento cotanto* (zu vergleichen mit *cento milia tanto* im Uguçon 98, s. dort § 46 und vgl. Mussafia zur Katharinenlegende I, S. 236) 550, adverbial 354. *f'euvilia enftefo* 134, *fi enftefo* 156, *en l'enftefo peccado* 174, 552.

42a. Relatives und interrogatives Pronomen und Adjektiv. Relativ beziehungslos im Nominativ männlich: *qi parla* 27, ebenso 35, 40, 62, auch *ki* geschrieben 39, 57, *qi unca* 263[1]); *qui* 379, 465 könnte noch gleiche Laute bedeuten wie *ki*, aber das häufig in gleicher Funktion auftretende *cui* hat die besondere Schreibung schwerlich umsonst: *cui l'a, da fe fi la remova* 190, 194 (eingeführt für *cun* der Handschrift), *fol e cui lo demena* 580, *cui illi vol fia* (Plural) 17: andererseits treffen wir *qe* 130, das man unbedenklicher in *qi* ändern dürfte, wenn nicht auch 333 geschrieben stünde *C'al fen de rea femena fe reçe, .. Con deu non avrà parte*; als beziehungsloser Casus obl. tritt persönlich nur *cui* auf und zwar im Sinne des Dativs ohne *a* 149, 236, 301, 347, mit *a* 300, 362; neutral treffen wir *que* in *tuti n'a que reder* 194. Bezogenes Relativum ohne Unterschied des Geschlechtes, der Zahl, des Casus ist *qe*, das als Nom. sg. 38, 63, (*q'* 45), als Nom. pl. 7, 16, 99 (*c'* 46) erscheint, als Acc. sg. männlich oder neutral 52 (*c'* 4, *q'* 15). Daneben findet sich als Nom. sg. auch *qi*: *ogn'om qi po* 311, *quel .. qi l'amiy mct* 394, *l'om qi nol ve* 503, und als Nom. pl. fem. *qed*: *femene qed al mond enganad* 602. Als Dativ findet sich ohne Präposition *cui*: *femena cui defplas ogno ben* 282, 335, *un .. cui diga* 492, *l'omo cui deu vol ben* 539, dasselbe ohne

---

[1]) Sehr oft so gebraucht, dafs es einem lat. *fi quis* gleichbedeutend ist, d. h. so, dafs der Relativsatz ein persönliches Wesen hinstellt, ohne dafs doch diesem ein bestimmtes Verhältnis zur Aussage des Hauptsatzes angewiesen wird, so 42, 71, 134, 161, 162, 165, 221, 451.

Präposition auch als Genitiv: *en cui força* 2, *al cui nom* 598; im Sinne des Dativs steht auch *a cui* 413; *per cui* findet man 168. — Von Interrogativen trifft man blofs das neutrale *que* oder *qe*: *no guarde .. que fe toia* 146, *que val* 199, *que farà* 330, *no fa queg ariegna* 474, *fe recorda ben que e ne que ferà* 495, *no fa que e defoto* 498, *no fa per qe 'i com* 172, *per que* 512; endlich das adjektivische *qual* 430. — *quanto* ist relativ 32, 88, 152, 594, relativ und adjektivisch 181, interrogativ 66.

43. Das aus *inde* entstandene Adverbium hat seinen Anlautvokal überall eingebüfst: *fe nde recorda* 402 (Hds. *fende*), *el no nd'a* 262 (Hds. *nonda*). Wenn es als blofses *n* zwischen Vokalen steht, ziehe ich es zum nachfolgenden: *el ge n'e* (Hds. *gene*) 25, 135, *nigun fe n'enbriga* (*fen*) 86, *una tal n'abandona* (*na bandona*) 294, *no n'iffirà* (*non iff.*) 314, *no n'enprenda* (*non enpr.*) 342, *qui n'a* (*na*) 439. Folgt ein Konsonant, so lasse ich das *n* mit dem vorangehenden Vokal verbunden, wie es denn auch die Handschrift natürlich nie vereinzelt hinstellt: *com fen debia mendar* 7, *fi poco non terrà. qe non fea meiorado* 20, *fel piçol no fen vença, lo par fors fen laimenta* 29, *ien dis* 30, *fpetan grameça* 160, *e'n blafmon po caçere* 276, *gramon fta* 344. Auch hier bemerken wir (wie im Uguçon und sonst), dafs das Wort auch „daselbst", „dahin" heifst: *f'ela no nd'e, fi vien* 40, *umelmentre ne ftea* 145, *ne da favore* 258, *f'el fe n'enbateffe* 259.

Das *ibi* entsprechende Wort liegt vielleicht in *re* 336 vor; sonst steht dafür *ie* (auch *ge* geschrieben): 25. 36, 135, 258, 274, 333, *no g'el doman* (*non c'è il domani*) 380. Vorangehendem Vokal sich anlehnend erscheint dasselbe Wort in *ça noi po venir mal* 254, wo vielleicht *non* (*non ne*) natürlicher sein würde.

44. Possessives Adjektiv.

a.   *meu como ferà* 224, *lo fignor meu* 597.

c.   *laudar trop fo lavor* 163, *entrel fo tan parlare* 48, *lo fo cançar* 82, *lo fo preg* 153, *del fo contrario* 193, *un fo amigo* 395, *doi mal col fo* 182, *c'om lod lo fo* 184, *perdel fo* 274, *lo fo* 529, *de l'amig fo* 353.

de foa propia boca 65, *de foa boca* 111; *fegondo foa ftolteça* 203, *en foa enfermitad* 533, *f'amiftat* 223, *la foa ira* 116, *la foa fameia* 130, *la foa fciera* 158, *da cafa foa* 355, *la glorio foa* 448.

tut foi dit 74, *li foi mal* 528, *de li joi enemifi* 592, *qig foi* 486.

foi credence 492, *le foi riqeçe* 449, *le foi man* 508.

45. Die Komparative *maior, peçor* (ersterer immer mit *i*, letzterer immer mit *ç*) *meior*, dazu *peço, mieg* (§ 12), *phui, men* geben zu keiner Bemerkung Anlafs.

46. **Zahladjektiv und Zahlwort.**

un an 388, *un o doi* 92, *una çuca* 89. *nuo, nuig, nna* s. § 14. *nigun* 86. *nifun hom* 33, *nifun* 485, *nefun parente* 400. *niente* 34, 137, *nient* 457, 460. *l'autro no paysa* 26, *li antri li fala* 70, *qig autri* 92, *lo ferva ad un altro* 142, *un'altru* 135, *per autra una tal n'abandona* 294, *qin po altro* 221, *avia dit d'autro* 54, *dea luog ad altri* 24, 556, *adorna antrui e ffe* 106, *defplas a altrui* 32, *ad altrui* 147, 179, *per alt[r]ui* 351, *le 'niurie d'altrui* 525, *a l'autrui menfa* 145, *ogn' altrui dito* 183, *en l'autrui ca* 231, *el e antrui* 273, *l'antrui muier* 315, *de l'altrui recere* 584, *fir antrui enemigo* 375, *le cofe altrui* 409. *alcun defcognofente* 33, *alcun homo* 407, *no fe de alcun laudar* 65, *f'alcun avrá* 542. *alget*, das im Uguçon vorkommt, auch, wie mir Ascoli zutreffend bemerkt, im Friulanischen fortbesteht und zu lat. *aliquid* (fz. *auques*, sp. *algo*) noch das Deminutivsuffix hinzufügt[1]), begegnet hier nicht. *poco* 20, 417, *poc val mieg* 89, *poqi n'e* 398. *poqeto* 463. *dig phu o men* 14, *nos phu* 22 (*plufor* fehlt). *no porá tuto retegnir* 19, *e 'n tut defplas* 32, *tuto quant el redhrá* 414, 593, *avien a tuti* 79, *dirá de tuti* 84, *tuit fem d'una man* 340, *tuta çent* 268, 177, *tuti parlar* 97, *tut foi dit* 74, *tuta l'autra çent* 192, *tutol fo faver* 218, *tutol pecad* 169, *tutig ver diti* 101, *un tefto tuto roto* 238, *tut ço c'* 180, *el le fará ftratute* 144. *çafcun fe pagará* 111, *çafcun om* 283. *ogno defcordio* 175, *ogna le* 16, *ogna nora* 100, *ogn'om* 74, 75; *en ogna luog* 297. *agmnca afar* 351; *ognucan om* 109. *qualçe caufa* 25, 148, *qualçe puça* 90, *qualçe onor* 149, *qualçe menda* 341; *qualçe rumpogne* 186 (Plural!), *un qualc'amigo* 339. *entranbe* 114.

doi dan 36, *doi mal* 182, *dui ladi* 325, *un an o doi* (*dui*') 388, 509, *un o doi* 92, *doi lengue* 363, *doi ora* 211, *una fiada e doa* 356. *fete furi* 218, *per un fet* 222. *oto di* 198. *des dig ric avari* 434. *ien dis per una trenta* 30. *quarant' ay* 46. *cento rotanto* 550 (s. oben § 42), *de cent un* 346, *un de mile* 492. — *primeramente* 21.

---

[1]) Es entspricht also genauer dem afz. *auquetes.*

V. Flexion des Verbums.

47. An Formen der dritten Person des Plurals, die nur als solche auftreten können, begegnen blofs zwei: *omini qe no fan ogna le* 16, *fin q'iy l'an* 507; vielleicht gehört dazu *fir* 81 (s. § 52). Sonst treffen wir durchweg die dritte des Singulars, wo die dritte des Plurals erscheinen müfste, auch von *arer*, dessen dritte des Plurals wir eben gesehn haben: *femene qed al mond enganad* 602; auch von *efer* zeigt sich hier keine vom Singular unterschiedene Pluralform: *homini q'e pro* 87, *et e doi mal col fo* 182. Also *Mai, eni illi vol fia, fe tutol ben adorra E fai* (oder *fal*) *ben el mal luffa, no po far meior orra* 17, *f'iy rol anq iy parlar* 24, *Se li autri li fala, foli va farelant* 70, *Li catif qe l'afcolta, fe penfa e ftu muti* 83, und so immer auch in andern Zeit- und Modusformen: *De quili qe parla tropo, com fen debia mendar* 7, *li fari nom reprenda* 13, *arra* 90.

48. Die zweite Person des Singulars kommt überhaupt nur dreimal vor: *tu di* (*debes*) 523, *tu poi* 524 und *l'acorda* (Imperativ) 524; dafs sie mit *s* hier nicht nachzuweisen ist, beweist nicht, dafs diese Bildung dem Dichter ganz fremd gewesen sei.

49. Die Gerundia gehn ohne Rücksicht auf die Zugehörigkeit der Verba zu der oder jener Konjugation auf *ando, and, ant* aus, neben *ranlando* 222, *raupognando* 368, *trorand* 347, *menand* 364, *farelant* 70 stellt sich wenigstens *riando* 195; doch erscheint *corendo* 483 mit der ursprünglichen Endung. Participia praesentis fehlen nicht und weisen sämtlich im Gegensatze zu den Gerundien die Endung -ente auf, die aber hier nirgends unberechtigt ist: *cognofent* 187, *defcognofente* 33, *mainent* 458, *pofent* 523, *fofrent* 547, *ardent* 561, *corrente* 585.

50. Über die Endung der die Flexion betonenden Participia perfecti ist oben in § 16 das Erforderliche gesagt; in einigen zeigt sich vielleicht Nachbildung der Gestalt, die der Stamm in gewissen Formen des Präsens annimmt: *tegnudo, tignudo* 27, 54, 126, 154, *reg[n]udo* 506, wovon § 24 *d* die Rede gewesen ist.

Unter den den Stamm betonenden Partizipien ist wie im Uguçon *dita* 206, *dit* 32, neben *benedto* 1, 334 hervorzuheben; die übrigen, *compofto* überschrift vor 1, *ferito* 5, *entefo* 50, *remafe* 138, *rifo* 197, *fat* 222, *afeofo* 228, 271, *arfo* 454, *meffo* 456, *reprefo* 522, *rechs* 573, haben nichts Auffälliges.

51. Von schwachen Perfekten erscheint nur das von *començar*, dessen erste Person der Einzahl *començai* 598 lautet, und dessen dritte auf *ó* ausgeht 169, wenn dort nicht etwa das *o* von *foperbia* als Hülfsverbum abzulösen und *comença* als Participium aufzufassen ist.

52. Aufserdem finden sich stammbetonte Perfecta in geringer Zahl und mit Ausnahme von *fui* 510 nur in der 3. Person: *dis* 78, *are* 95, *fe* 104, 167, 168, *ros* (tosk. *volfe* neben *volle*) 104, *fo* 306. Vielleicht ist auch *fir* 81 ein Perfectum; es ist in diesem Falle eine dritte der Mehrzahl mit besonderer, von der des Singulars verschiedener Form.

Imperfecta des Konjunktivs finden sich in etwas gröfserer Zahl, leider wiederum nur in der 3. Person: *aufafe* : *paufafe* 92, *comandase* : *redase* 310, *penfafe* 467. *penfas* 465, *tafefe* : *nofeffe* 86, *enbateffe* : *nofeffe* 260, *bates* 198, *refpondes* 203, *podes* 233, *roles* 238, *fofe* 96, *fos* 372, 520, *ftes* 272. *fides* 147 möchte man geneigt sein für *fir* in Anspruch zu nehmen; doch ist ein so lautendes Imperfectum des Konjunktivs sonst nicht bekannt und schwer zu begreifen, es sei denn nach *rides* gebildet, wozu die Übereinstimmung zwischen *rir*, *ri* und *fir*, *fi* Anlafs geben konnte; bei Bonvesin lautet es *fiffi*.

53. Auch vom Konditional hat Pateg hier nur die 3. Sing. zu verwenden Veranlassung gefunden; sie setzt das *are*, das uns als Perfectum von *avere* begegnet ist, an den Infinitiv, und so ergeben sich *aidaraf* 372, *çetaraf* 466, *trovaraf* 468, *vorare* 14, 470, *parrare* 371, *poraf* 483, 593, *verare* 528, *moraf* 578, *feraf* 94.

55. Das Präsens des Indikativs zeigt wenig Bemerkenswertes. Die erste Person der Einzahl haben wir vor uns in *trovo* 15, *comenz* 3, *guard* 509, *torn* 510, *preg* 597; *meto* 2. 333, *çongo* 336, *digo* 358, 370, *dig* 14, 493; *finife* 598; *fon* 369, 510; *voig* 3, 191 oder *voi* 21, 113; *ai* 509, *fai* 93. Von der zweiten der Einzahl s. § 48. Von der dritten (die auch für die Mehrzahl gilt) ist nur hinsichtlich des Schwindens des Endvokals zu reden nötig, der natürlich bei Verben erster Konjugation sich behauptet: *aferma* 4, *trova* 5, *efplana* 6, *parla* 27 (daneben *parola* Überschrift vor 191!), *mança* 212, 581, *blafma* 131, *blaftema* 81, dagegen wo er *e* ist, fallen kann: *mente* 498, *departe* 41 neben *part* 43, 260, *met* 394;

5*

perde 152, *prende* 155, *ofende* 172. *fiede* 145, *aude* 481, *entende* 49, *refponde* 49 neben *perd* 37, 156, 348. *pud* 82. *cred* 545, *refpont* 39, *po* 18, 31, *ve* 75, 344, 503, *cre* 489, *aré* 490, *ri* 563, *auci* 579; *defplafe* 56, *dife* 60, *nofe* 132 neben *defplas* 32, *tas* 62, *nos* 22, *des* 124, *dies* 215, *dis* 30, 37; *enreqife* 416, *enmatife* 580, auch *fofrife* (daneben auch *fofre* 540, it. *foffre*) 397, *deferefe* 415, *paffe* 251, *naffe* 292, *cognofe* 59 neben *recres* 74, 347, *cognos* 269; *reçe* 333, 451, *leçe* 452, *volçe* 213, *acorce* 591 neben *traz* (it. *tragge*) 120, *planz* 241. Dafs neben *vive* 583, *receve* 584, *ferre* 370, 476, *more* 175 und *torce* 75 gekürzte Formen fehlen, wird Zufall sein. Daneben seien noch angeführt *e* 25, 40, *fe* (oder *f'e* 267), *a* 32, 536, *de* 11, 12, 26, *fa* 66, 161, *fai* 18, 60 oder *fa* 49, 88, *vai* 512 oder *va* 70, 175, 517, *da* 55, *adi* 187, *fta* 83, 97. Dazu kommt *fi*, s. § 57.

Die erste Person der Mehrzahl kommt nur selten vor; dafs sie durchweg -*emo* als Endung zeigt, ist hier weniger auffällig als anderwärts, da es sich nur um *arem* 265, *devemo* 480 und *fem* 76, 168, 340 handelt. Die zweite der Mehrzahl ist gar nicht zu belegen.

Im Präsens des Konjunktivs werfen die den Stamm betonenden Formen der Verba auf -*ar* das *e* bisweilen ab, das sich noch findet nicht blofs in *fierr* 601, wo es nicht verloren gehen konnte, sondern auch in *caftige* 38, *prege* 507, *page* 536, *varde* 9, 23, *guarde* 109, 321, *porte* 109, *comporte* 44, *truore* 176, *penfe* 329, *laffe* 595, *bafe* 360, *defdegne* 37, *enfegne* 38, *favele* 51, *demore* 317; man trifft also *lod* 184, *guard* 311, *damand* 356, *las* 552, *tençon* 499, *fper* 223, *dur* 388. Von denen auf *a* haben *vadha* 483, 246, *vada* 314, *rada* 326, *enprenda* 9, *reprenda* 13, *perda* 312, *bata* 360, *meta* 300, *viva* 68, *diga* 85 nichts Bemerkenswertes; *leça* 492, *conz* 484 (wenn dafür *çonç* geschrieben werden darf) zeigen den Stammauslaut so behandelt, wie er nur vor *e*, *i* es sein sollte; von denen, die im Lateinischen vor *a* ein *e* oder *i* haben, erscheinen *ridha* 485, *tenu* 72, 306, *remova* 190, wie im Italienischen, in Formen, die für Aufgabe desselben zeugen, so auch *para* 57, während in *debia* 7, *ubia* 91, 588, *fupia* 500, *aiba* 304, 566, *aib'* 341, *vaia* 365, 408, *caia* 502, *tiegna* 487, *tegna* 320, *manteigna* 139, *regna* 36, *veigna* 140, *uriegna* 474, *faça* 304, 595, *taça* 58, *defplaça* 57 das *i* sich behauptet oder wirksam erwiesen hat, und *toia* 146, 603, *roia* 457 wie anderwärts, auch *ereça* 52 sich jenen anschliefsen. Ich erwähne endlich *fia* 17, 184, 251 oder *fea* 20, 219, 293, *dea* 24, 146,

305, *ftea* 145, *fia* 206, *poffa* 8, 234, *efca* 558. Von *fofrir* erscheint *fofera* 157 und *fofrifca* 442. — Die erste der Mehrzahl ist vertreten durch *adorrem* 604 und *feam* 606; ein Konjunktiv in aufforderndem Sinne kann auch *porlem* 266 sein, während *dixemo* 479 eher ein Indikativ sein wird.

56. Die Imperfecta des Konjunktivs sind in § 42 aufgezählt; an solchen des Indikativs finden sich nur *volia* 52, *avia* 54.

56*a*. Ein Imperativ ist *l'acorda* 524; s. auch § 55 am Ende. Als negativer Imperativ dient der Infinitiv 524, 528.

56*b*. Der Infinitiv zeigt wenig Bemerkenswertes: *cercar* 8, *mendar* 7, *omiliar* 8, *andar* 11, *ftar* 12; *tafere* : *tenere* 64, *fedhere* 275, *tafer* 60, *plafer* 158, *tener* 424 (*tenir* 31, *retegnir* 19), dazu *cacer* 167, 276; die den Stamm betonenden auf -*er* s. § 9; *fenir* 3, *renir* 75, *querir* 125, *enriqir* 422, *guarire* 283; endlich *effer* 119, 453, *fir* 61, 375, *dir* 14, *far* 23, *tor* 221. Das Futurum entsteht daraus in der gewohnten Weise: *blafmará* 87, *laudará* 89, *pagará* 111, *dará* 290; *redhrá* 414, *porá* 19 (*potrá*), *ftorrá* 412, *avrá* 53, *romarrá* 105, *pará* 586, *terrá* 20, *terá* 332; *dirai* 13, *ferá* 116, 224, 411, *fará* 56, *crerá* 513; *regnirá* 518 (neben *derenrá* 481 und *verá* 596), *iffirá* 314, *partrá* 68. Die beiden Bestandteile des Futurums erscheinen noch als geschiedene Wörter in *f'a falvar* 412 und *arrá vendegar* 142, in welchem letzteren das Futurum von *aver* statt des Präsens zur Anwendung kommt. Beachtenswert ist *er* (*erit*) 54, das sonst wohl auf italienischem Boden nicht gefunden ist.

57. Ersatz des Passivums giebt *fir* : *fi tegnudo* 27, 126, 505, *fi* (*ferri*) *a lui* 148, *fi computado* 202, *fi defprefiado* 576; *fia tegnudo* 206, *fia dita* 489, *fia ufado* 575; *fides* . . *ferci* 147? *fir entefo* 61, *fir arfo* 454 [1]). Daneben findet man *vien auduo* 153.

VI. Adverbien.

a. Der Zeit und der Wiederholung: *adeffo*, *ades* (immer) 128, 132, 402, 587, *alo* (sofort) 21, 122, 260, 312, 354, 535, 592, *anc*, *anq*, *an* (auch) 24, 114, 135, 193, 601, 402, *ancoi* (heute noch) 380, 474, *ancor* (noch) 50, 520, *apres* (hernach) 113, *ça* . . *no* (nicht etwa, keinesfalls)

---

[1]) In Verbindung mit einem Substantiv, d. h. gleichbedeutend mit ital. *diventare*, steht *fir* in Z. 375 *fir autrui enemigo*.

78, 118. 215, 254, 288. 355. *çamai* .. *no* (niemals mehr) 314, *denanti* (zuvor) 78, *d'ogn'ora* (jederzeit) 581. *doman* (morgen) 474, 487, als Substantivum 380, *enanti* (eher, lieber) 470, *enlora* (alsdann) 72, *mai* (je) 365, *mai* .. *no* (nie) 53, 72, 140, 235. 287, 349, *mo* (jetzt) 78, 266, Überschriften vor 21, 113, 191, *oimai* (nunmehr) 76, 479, *or* (jetzt?) 325, *puoi, poi, po* (hernach) 84, 412, 506, 510. 530, *sempre, senpre* (immer) 88, 130, 245. 420, *talor* (manchmal) 101, 585, *tosto, tost* (leicht) 121, 174, 240, 483, 578, (bald) 415, *tutavia* (allezeit) 604, *tutor* (allezeit) 249, *unca* (irgend) 263, *unca* .. *no* (nie) 223; s. auch *fiada* und *ora* im Glossar.

    b. Des Ortes: *apresso* (nahebei) 588, *ça* (hieher) 146, *da luitan* (fern) 426, *dapreso* (nahebei) 401, *defora* (aufserhalb) 232, *defoto* (unterhalb) 498, *dont, don* (wovon, worüber) 135, 391, *en presente* (zum Vorschein) 138, *ensembre, ensenbre* (zusammen) 139, 371. *fora* (heraus) 80, 212, *la* (dorthin) 146, *li* (dort?) 260, *o* (wo) 213, *onde, ond* (woher, wo) 304, 394, *presso* (nahe) 361, *qui* (hier) 404, *via* (weg) 535, 603. Über die aus *inde* und aus *ibi* hervorgegangenen Formen s. § 43.

    c. Der Weise. des Grades: *altresi* (ebenso) 403, *apena* (kaum) 136, *asai* (weit) 327, 438, 440, *ben* (wohl) 15, 36, 343, *como, com, con* (wie) s. § 24*b* und 172, 224, 233, *cossi* (so) 79, *cotanto* (so viel) 354, 550, *en celad* (heimlich) 350, *en palese* (offenkundig) 272, *en presente* (offenbar) 269, *en vero* (wahrheitgemäfs) 358, *fors* (vielleicht) 25, 29, 53, *forsi* 380, *mal* (übel) 377, (schwerlich) 290, 556, *miga* .. *no* (nicht im geringsten) 540, *molto* (sehr) 415, *pur* (blofs) 67, 71, 195, 293, 296, *quas* (beinah) 460, *sença* in *far sença* (entraten) 234, *si* (so) 5, 13, 20. 82, 96. 205, 386, *tropo, trop* (zu sehr, zu viel) 7, 23, 150, 353, *tropo lengua* 47, *trop çançalor* 73, *trop alte canse* 125, *da tropo traraia* 374. Dazu kommen mit -*mente* zusammengesetzt *dreta*- 11, *primera*- 21, *delicada*- 553, mit -*ment hunel e cortes*- 151, *mesclada*- 191, *lere*- 314, *sotil*- 323, *dreta*- 562, mit -*men les*- 496, mit -*mentre dreta*- 185, 403, 416, 465, *umel*- 39. 153, 157. *vilana*- 100, *irada*- 152, *segura*- 404, 482, *heve*- 419, *comunal*- 479. *senpla*- 482.

    d. Des Grundes: *per qe* (warum) 172, *però* (dadurch) 228, *don* s. unter *a.*

    Von den Formen, in denen die Negation auftritt, s. § 24*d*.

VII. Präpositionen.

a lautet vor Vokalen *ad*, nur 32 steht *a altrui*, wofür vielleicht *al-trui* allein gesetzt werden darf. *ancil fato* 505, *apres* (neben) 456, *con* s. § 24*d*, *contra* 114, 130, 435, 448, *da* Überschrift vor 1, 23, 28, 44, 63, 241, *se rol mal da morte* (ital. *a morte*) 43, *lef da portar* 243, *de* Überschrift vor 1. 7, 21, *en* s. § 24*d*, *e'n volgar* 6, *qe'n sto mondo* 68, 189, *entre* (unter, zwischen) 12, 398, (während) 48, (in) 521, *entro* (in) 456, *'ntro* 557, *entro a* (bis zu) 324, *fin a* (bis zu) 388, *for de* (über) 395, 568, *per* (durch) Überschrift vor 1, 41, 45, (gemäfs) 3, 30, (auf dem Wege von) 5, (zu Gunsten) 15, 16, (statt) 30, *preffo de* (nahe bei) 361, *fegondo* (gemäfs) 203, *fença* (ohne) 116, 296, 431, *forra* (über) 97, 189, 287, 303, 391, *parla forra man* (mafslos, ital. *foprammano*) 27, *foto, fot* (unter) 573, *foto pe* (unterworfen) 286, 332, 548. Die Verbindungen mit dem bestimmten Artikel s. § 39.

VIII. Konjunktionen.

Der Beiordnung: Wo die aus lat. *et* entstandene Konjunktion ausgeschrieben ist, erscheint sie vor Konsonanten als *e* 1, 2, 3, 12, 18, 24, ebenso wo sie mit folgendem vokalischem Anlaut zu einsilbiger Artikulation sich verbindet 6, 32, sonst als *et* 114, 193, 370, 402, 601; demgemäfs ist *τ*, wodurch sie unter allen Umständen vertreten sein kann, in Buchstaben umzusetzen; nur einmal bietet die Handschrift *ed a* (oder vielmehr *e da*) 129; ein paarmal steht gleichbedeutend *e fi* 258, 274, 352. *e ... e* 110, 120, 250. Ferner begegnen *o* 14, 59, 103, *o ... o* (mit Konjunktiv des Verbums) 112, 184; *anço* (vielmehr) 578, *anci* 393, *anz* 16, 78, 142, 162; *mai* (aber) 17, 19, 40, 62, *ma* vor angelehntem *l* 38, 108, 232, 259, 342, mit elidiertem *a* 374, 386, 558; *ne, ni* (noch) 95, 28, 215, 246, oft tritt *no* beim Verbum hinzu: 77, 147, 220, 230, 444: *ne* koordiniert auch im Fragesatz, der verneinende Antwort erwartet: 199 oder in einem Satze mit hypothetischem Sinne: 315, 508, 523, 563; *ni an* (ital. *neanche*) 101; *qe* (denn) 15, 25, 34, 37, 59, 66, 81, damit identisch *ca* 530; *fi* leitet nach einem Bedingungssatze den Hauptsatz ein 40, 58 (an welcher letzteren Stelle es zu tilgen sein wird), und dient zur Einführung des Verbums nach vorangestellten Bestimmungen desselben, ja auch nach dem Subjekte: 190, 227, 231, 367, 389 und 137, 236, 261, 332, 347, 582.

Der Unterordnung: *a.* des Ortes: *o* (wo) 297, *o qe* (wo immer) 251, 257, 314, 587, *lao* 117, 476, *lau* 58 (beide einsilbig). *b.* der Zeit: *quando, quand, quan* (wann) 32, 55, 71, 162, 181, 345, 432, *quando qe* (wann immer) 107, *anz qe* (bevor) 51, *ananz qe* (sobald als) 305, 536, *da qe* (nachdem) 50, (wann) 75, 320, 506, (wenn) 263, 317, 354, (da doch) 200, *fin qe* (so lange als) 378, 507, *tro qe* (so lange als) 68, 327 *c.* der Weise: *como, com, con* (wie) 5, 14, 60, 80, nach dem Komparativ im Sinne von lat. *quam* 134, wie sonst *qe* 105, 198, 244, 360 (auch hiefür *ca* 446), *fi qe* (so dafs) 92, 20, 206, *fen qe no* (da *no* dabei steht, natürlich mit dem Indikativ) 35, *fegond qe* (demgemäfs wie) 64. *d.* der Bedingung: *fe* 13, 14, 17, 24, *fe no* (aufser) 230, gewissermafsen bedingend ist auch *qe* (mit dem Konjunktiv, wie das im Französischen *fi* ablösende *que*) 201. *e.* der Einräumung: *tut qe* (wie sehr auch) 52, 293, *anc* (mit Konjunktiv, ist eigentlich nicht unterordnende Konjunktion) 341. *f.* des Grundes: *per qe* (weil) 192, 427, *però qe* 248, *per ço qe* 88, 513, *per quel qe* 22, 406. *g.* des Zweckes: *qe* 85, 234. *h.* der Subjekts- oder Objektsanknüpfung: *qe* 36, 37, 57; 38, 84.

IX. Syntaktisches.

Zu dem, was im Vorstehenden von syntaktischen Erscheinungen nicht ganz gewöhnlicher Art bereits erwähnt ist, bleibt nur wenig hinzuzufügen.

Der Casus obliquus im Sinne eines Genitivs begegnet in *lo den temore* 438, *l'amor deu* 478 und in zahlreichen in § 46 angeführten Stellen, wo *altrui* solchen Sinn hat: im Sinne des Genitivs und in dem des Dativs steht *cui* häufig, wie in § 42 *a* gezeigt ist.

doi ora 211, s. Lexikalisches unter *ora*.

humel e cortesment 151 ist ein Beispiel einmaligen Aussprechens von *mente*, wo zwei mit *mente* gebildete Adverbia koordiniert aufzutreten haben, hinzuzufügen zu denen, die nach Raynouard und Blanc Diez II³ 463 aus verschiedenen Sprachen, Müller zur Chanson de Roland 1163, Foerster in Gröbers Zeitschrift II 88 aus dem Altfranzösischen beigebracht haben, von denen übrigens nicht wenige zu streichen sind. Ein paar sichere sind noch *fuarment e devota*, S. Honor. 72; *francamen e corteza*, Izarn, Débat 253; *Ainz fu la guere maintenue Si crüel e fi longement*, Guil. Maréch. 131.

una 30 ist ein Beispiel des von Diez III³ 9, 48, 53 besprochenen Gebrauches des Femininums im Sinne des Neutrums, von welchem Gebrauche von mir zum Vrai Aniel 2 altfranzösische Belege gesammelt sind; s. auch Manuzzis Wörterbuch unter *uno* XXVI.

Querir trop alte caufe ... foperbia fi tegnuda 126 zeigt Übereinstimmung des prädikativen Participiums im Genus mit dem zum gesamten verbalen Ausdrucke gehörigen prädikativen Nomen statt mit dem Subjekte. Ebenso wurde bekanntlich im Lateinischen verfahren: *paupertas mihi onus vifum eft* u. dgl. s. Kühner, Ausf. Grammatik d. lateinischen Sprache II 26, Schmalz in I. Müllers Handb. §. 18b.

De cent un no fe truova, no fea vairi o grifi 346 stellt sich mit seiner Mehrzahl im zweiten Satze, der doch streng genommen das *un* des ersten zum Beziehungsworte hat, neben einen in meinen Verm. Beitr. z. frz. Gr. S. 190 angeführten Satz *je ne croi ne je ne cuit De dis un qui foient en vie, Qui ne foient tout plain d'envie*; an beiden Stellen ist mit dem einen je einer aus mehrmals zehn oder hundert gemeint, der Plural des Prädikats also durchaus gerechtfertigt.

Un dig defdegni qe fia ufado 575 ist ein Beispiel der Kongruenz des Relativsatzes mit *un* statt mit dem davon abhängigen „Genitiv" im Pluralis, von der in meinen Verm. Beitr. S. 196 Anm. die Rede ist.

Das Reflexivpronomen an Stelle des Personalpronomens der dritten Person steht zweimal, weniger auffällig in *vol contraftar plui favi om de fe* 128, wo am lateinischen Gebrauche festgehalten ist, als in (*lo fo mal*) *non e luitan de fi* 564, wozu sich übrigens altfranzösische Parallelstellen in nicht geringer Zahl würden beibringen lassen, s. Ulbrich in Gröbers Zeitschrift III 294, Ebering eb. V 428 (Diez III³ 63).

Auffällig ist andererseits die Anwendung des Personalpronomens der dritten Person, wo eine Beziehung desselben auf ein benanntes oder

auch nur benennbares persönliches Wesen nicht statthat: *non e fen a calcar Amic qeg diga caufa q'el vol en fi celar* 494, wo das in *qeg* steckende
Dativpronomen die Person meint, die sich das *calcar* würde zu schulden
kommen lassen, die aber nirgends angedeutet ist; ähnlich *Non e bon recordar le 'niurie d'altrui; Qe toften po veynir de peçor anc a lui* 526.

Einmal bemerken wir, dafs an die Stelle eines substantivischen
Satzgliedes ein mit *tal* beginnender Satz tritt, der das Vorhandensein solcher Wesen aussagt, wie dort eines bezeichnet werden sollte: *Mei e l'om
qe lavora .. Ca tal omo fe lauda, qe fors ie mancal pan* 446. Statt „als
einer der sich rühmt, während ihm das Brod mangelt“, was man erwartet, wird gesagt „als — manch einer rühmt sich, dem das Brod mangelt“. Ein Beispiel gleichen Verfahrens giebt Dante: *la terra che—tal è
qui meco—Vorrebbe di vedere effer digiuno*, Inf. 28, 86. Bekanntlich
ist im Altfranzösischen nichts gewöhnlicher als derartiger Wechsel der
Konstruktion: *eft plus a efe et plus riches Que—tex a cent muis de froment*,
Rose 5700; *le cuer n'a mie fi gobe ... Com—tiex afuble chape noire*, G.
Coins. 70, 1864. Ähnlich verhält es sich mit *Lo bever el mançar .. Enbrigal fen de l'omo, tal e ben conofente* 554, nur dafs hier der mit *tal* be-
ginnende Satz nicht selbst an die Stelle eines substantivischen Satzgliedes,
sondern zu einem solchen bestimmend hinzutritt.

Der von *a* begleitete Infinitiv ist nicht ganz heutigem italienischem
Brauche gemäfs in *non e fen a calcar* 493, *mateç' e a guardar* 521, wo
man jetzt lieber einen reinen Infinitiv als Subjekt würde auftreten lassen,
während so, streng genommen, *fen* und *mateça* Subjekte sind, von denen
ausgesagt wird, dafs sie „seien, vorliegen“ beim Drängen, Blicken. Vgl.
Anuiz feroit a raconter Chafcun dit, Barb. u. Méon III 317, 672; *che
feroit murdres a faire tel meftier*, Baud. d. Seb. XIX, 205; *Et nonpour-
quant feroit detris A nommer tans cevaliers pris*, Mousk. 22158 (weitere
Beispiele hat Soltmann gesammelt, Französ. Studien, herausg. v. Kör-
ting und Koschwitz I 419).

Andererseits kann das Fehlen eines *a* vor dem Infinitiv auffallen
in *no l'aidaraf defendre* 372 und in *Qi f'efforça enrigir* 429 (wenn nicht
f'efforç'a enrigir gemeint ist); doch findet sich auch bei andern älteren
Italienern *ajutare* mit reinem Infinitiv.

Einiges andere, was hier Erwähnung finden könnte, ist bei der Erörterung der Formen, der Konjunktionen zur Sprache gebracht.

X. Versbau und Reim.

Der Vers, der hier einzig zur Anwendung kommt, ist der Alexandriner; derselbe tritt bald mit männlichem, bald mit weiblichem Schlusse (*tronco* und *piano*) auf und zeigt hinter der letzten betonten Silbe seiner ersten Hälfte bald keine, bald eine, bald zwei tonlose, wie schon die ersten drei Zeilen lehren. Über seine Verwendung in der älteren Dichtung Italiens haben zuletzt gehandelt Carducci, Intorno ad alcune rime dei secoli XIII e XIV (Atti e Memorie della R. Deputazione di storia patria per le provincie di Romagna, Serie 2ª, Vol. II) S. 184 ff. und Biadene, La Passione e Risurrezione (Studj di filologia romanza, Fascic. 2) S. 236, dazu Giorn. stor. d. lett. ital. VI 214, 303 (484). Diese Verse sind hier paarweise gereimt, so daß sich die nämliche Form ergiebt, die im Anfang und mehrmals im weiteren Verlaufe des Gedichts von Pietro da Barsegapè entgegentritt, die, den Reim vor der Cäsur hinzufügend, Guillem de Cerveira für seine Spruchsammlung gewählt hat, die altfranzösisch in der Prophezeiung „Ezechiel" (Jubinal, Jongl. et Trouv. 124, P. Meyer im Bull. de la Soc. d. anc. textes 1883, S. 89) begegnet. Oft füllt der Spruch grade ein Verspaar, nicht selten aber gehören mehrere Verspaare untrennbar zusammen, sowie andererseits bisweilen Gedanken, die in keinerlei Zusammenhang unter einander stehn, vereint ein Verspaar füllen, von dem ein jeder nur eine Hälfte in Anspruch nahm. Die Stelle der Pause in der Mitte der Zeile ist in der Handschrift regelmäßig durch einen Punkt angegeben, hier im Abdruck ist dafür ein etwas weiterer Zwischenraum gelassen, als sonst Worte eines Satzes zu trennen pflegt. Der Reim ist mehr als einmal in hohem Grade ungenau; von Fällen, wo betontes *i* einem betonten *e* gegenübersteht und volleren Gleichklang der Wortausgänge herbeizuführen nicht leicht angeht, ist oben § 1 und 2 die Rede gewesen; hier sind noch einige andere zu erwähnen: die Reime *çente : dretamentre* 186, *çente : umelmentre* 398 würden leicht zu berichtigen sein, indem man den Adverbien den anderwärts im Reime begegnenden Ausgang -*mente* gäbe (s. Z. 11, 21, 553) oder beide Reimwörter auf -*ent* ausgehn liefse (s. Z. 192, 562). Auch *prefente* : *tende* 270, *grande* : *fante* 428 sind leicht zu begreifen in einem Texte, der die in § 16 gegen Ende angeführte Behandlung von *nd* im Auslaut aufweist. *deu* : *pe* 332 würde man wohl berichtigen dürfen, indem man das *u* von *deu* tilgte; Uguçon wenigstens hat *dié* (Singular) 1381 mit *pié* gereimt. Dagegen wird man Pateg den Vorwurf nicht ersparen können, dafs er in *raga* : *vada* 314, *lengue* : *lofenge* 364, *enfenbre* : *defendre* 372, *ira* : *enfia* 392, *rico* : *meffo* (oder sogar *mifo*) 455 sehr nachlässige Reime gegeben habe; für *tegna* : *caftegna* 408 kann er sich vielleicht auf seine Mundart berufen.

Die Accente (der in der Handschrift dem *a* von *noná* 214 gegebene wurde hier überflüssig) rühren vom Herausgeber her: die Cedillen finden sich in der Handschrift und sind nicht hinzugethan, wo sie nicht überliefert sind. In eckigen Klammern sind Buchstaben eingeschaltet, die infolge Beschädigung des Pergamentes in der Vorlage fehlen; anderweitige Zusätze sind in den Anmerkungen kenntlich gemacht. Die Apostrophe habe natürlich ich eingeführt, desgleichen die Majuskeln für Eigennamen; auch in Bezug auf Trennung und Verbindung der proklitischen und der enklitischen Wörter habe ich mich nicht an die Handschrift gehalten. Kursiv lasse ich Buchstaben drucken, durch die ich Abkürzungszeichen der Handschrift ersetze.

Lexikalisches.

acatar erwerben 367. Cat. Ug.

aconço geordnet 451.

adalçar erheben 227.

adar refl. gewahr werden 187. Bovo 245.

ades s. Adverbien.

aguiia Adler 425. Muss. Beitr.

aló s. Adverbien. Vgl. Ug. Flechia, *Annotazioni* im Arch. glott. VIII 317.

amiftat Freundschaft 223, 399.

an, anc s. Adverbien.

ananz qe sobald als 305, 536. Vgl. afz. *a l'ainz que, plus toft que,* s. Verm. Beitr. S. 143.

ancoi noch heute 380, 474. Flech., Seifert, Glossar zu Bonvesin.

anço vielmehr 578. *anz* vielmehr 16, 78, 142, s. Romania XIV 572 (Thomas), Zts. f. r. Phil. X 174 (Gröber). *anci* vor 505, vielmehr 393. *anz qe* bevor 558.

apudorar? mit Gestank belästigen 81. Vgl. tosk. *appuzzare.*

aquel jener 423.

aqueft dieser 336.

armar? 92.

afautar refl. sich freuen, triumphieren 486. *axaltar* refl. sich freuen, Wohlgefallen empfinden 497. *exaltar* erhöhen 544, refl. sich erheben 150. Das Wort ist von *exaltare* nicht zu trennen, scheint aber in seiner Bedeutung von dem unverwandten pr. *azautar* beeinflufst.

atentar refl. versuchen 141. Tosk.

avenir gefallen 79, refl. ziemen 281. Tosk.

banca, en legra — 302.

baufia Lüge 378. Ug. Seifert unter *bufia.*

bifi schief, krumm, Plur. = tosk. *biechi* 368. Ist dies richtig, so kann Diez' Etymologie des tosk. *bieco* nicht richtig sein, da *bl* hier erhalten sein müfste.

bloto entblöfst 237. Diez unter *biotto.*

brigar sich zu schaffen machen, umgehn 253, 364. *briga* 491. Tosk.
    Ug. Nat. fem. Seif. *bregare*.

bruto (sittlich) roh, gemein 453. Vgl. Seif. *brutedhae*.

ca Haus 231, 289, 295, 353, 361, 475. Flech. und Seif. — *cafa* 355,
    418.

ca = qe als, denn 446, 530. Flech., wo aber nur von *ca* im Sinne
    von *quam* die Rede; Muss. in Kath. weist beides nach.

calar aufhören, ablassen 82. Muss. Kath. Seif. Rätoromanisch.

calcar drängen 493.

cafone Vorwand zum Streit 118, 347. Anlaß 230, 436. Vgl. Flech.
    caxonofo.

catif arm, bedauernswert 83. Flech. — schlecht 472, 484.

compagnon Genosse 41. Flech. Seif.

comunalmentre durcheinander 479.

concordio Eintracht 176. Cat. Flech.

concoftar erwerben 415. Mon. ant. B 291.

conpaigna Genossenschaft 569. Muss. Mon. ant., Flech. Seif.

conportar ertragen 180, — ?244. Tosk. Cat.

conputar erachten 202, 452.

contraftar trans. sich widersetzen 128, 255.

core, per — von Herzen 399.

corecar? — 410.

corentada? — 410.

credença Geheimnis 492. Tosk.

ça hieher 146. Flech. *za*, Muss. Mon. ant. *ça.*

celad, en — heimlich 350.

çente edel 123. Diez *gente.*

cercar untersuchen 428.

çetar a niente nichts gleich achten 34. Vgl. 466.

çoar nützen 197. Muss. Mon. ant.

çoi Freude 433, 467. Muss. Mon. ant. *çoj*. Dafs das Wort männlich
    ist, zeigt die zweite Stelle deutlich.

çonçer hinzufügen 336. Flech. *zunçe.*

da Nebenform von *de* 601, *da morte* auf den Tod 43, *da prefo* nahebei
    401, *da luitan* in der Ferne 426.

deçunar sich enthalten 504.

deletar sich freuen 591.

demetre refl. sich gehn lassen, wie prov. *ſe eſdemetre?* oder sich bescheiden, demütigen? 565. Seif. *demette.*

denanti zuvor 78.

deſcordio Zwietracht 175. Flech.

deſdeſer übel ziemen 208.

deſer ziemen 124, 215. Muss. Mon. ant. *deso,* Kath. *dexe,* Flech. *dexe,* Seif. *dex.*

deſeta Mangel 383, 429. Flech. *dexeta,* wo die richtige Etymologie dieses Wortes und des fz. *diſette* gegeben ist.

deſvançar irre gehn? 422. S. Muss. Beitr. *deſvantar.*

doman fem. Morgen 445, masc. 380.

don, dont worüber, weswegen 135, 391.

doplar verdoppeln 204.

eleta freie Wahl 488.

enanti eher, zuvor 470.

enbrigar refl. sich abgeben 86, trans. verwirren, hemmen 554. Nat. fem. Cat.

enderno müſsig 249. Flech.

enſidar, enſiar, refl. vertrauen 392, 449, 450. Nat. fem.

enivriar trunken werden 307. Vgl. *ivriardo* Bonv. D 179.

enlora alsdann 72. Muss. Mon. ant., Kath. Nat. fem.

enmatir närrisch werden 580.

enprendre lernen 9, 35, 252, 461. Ug. Nat. fem. Flech.

enriqir reich werden 409, 429; reich machen 453.

enſembre zusammen 139, 371. Muss. Mon. ant., Nat. fem.

entre unter, zwischen 12, während 48, in 521. Cat. Flech.

entrego ganz? 454. ehrlich 545?

entro in 456, 557. Ug. Nat. fem. *entro a* bis zu 324.

enviliar beneiden 134. Tosk. *invidiare una coſa a ſe ſteſſo* bei Manuzzi.

falar mangeln 70, sich verfehlen 168. Tosk.

fante Kind 428. Cat. Nat. fem. Flech.

felo verrucht, bösartig 129? 132, 248. Tosk. Nat. fem.

fiada Mal 120, 356. Tosk.

fidhança Vertrauen 487. Tosk.

fir werden 375. S. § 57.

fladu, ad un — auf einmal 19; 522?

fola Märchen 546. Tosk.

frar Bruder 400. Ug. Nat. fem. Flech. Daneben *fradel* 362.

freça Eile 409. Flech.

gabar verspotten 33, 103. Tosk.

gadhal Buhlerin 278. Afz. *jael*, prov. *gazal*, worüber Romania II 237 und Thurneysen, Keltoromanisches S. 101. *gadal* auch im venezianischen Bovo 538, 1529.

gladio Schwert 382.

grameça, gremeça Kummer 160, 285, 577. Tosk.

grop Knoten 320.

guarda, dor refl. bemerken 276. Afz.

i, ie dabei s. Adv. 254, 258, 274.

irar refl. zornig werden 147, 391. Tosk.

lagna Beschwerde 570. Muss. Mon. ant., Flech. *lagno*.

laimentar refl. sich beklagen 29. Ug. Cat.

lavorer Arbeit 164. Cat.

leçer wählen 492. Vgl. *aleçer* Nat. fem. und Seif.

luitano fern 362, 379, 402, 564, *da luitan* 426. Ug. § 24*d*. Flech. *loitan*, Seif. *aloitanarse*.

mainent reich 458. Ug.

mal schwerlich, kaum 290, 556.

malparler Lästerer 31. Ug. Flech. *parler*. Vgl. *la gente noiosa Ch'e troppo malparlera* in einem an dieser Stelle von Carducci mifsdeuteten Fragment, Intorno ad alcune rime dei sec. XIII e XIV, S. 118.

maltate Schlechtigkeit 391. Nat. fem.

man, a — zur Hand, zur Verfügung 473; *d'una* — gleiches Ursprungs 340, s. Kath. und afz. *de pute, baffe, male main; forra* — übermütig 27.

meltris feile Dirne 321 (*meretricem*, afz. *miautriz*, s. Foerster in Rev. d. l. rom. XIV 94); *meltrise* auch in den von Ulrich herausgegebenen Erzählungen Romania XIII 58.

men, venir a — im Stiche lassen 385; dagegen *venir men* wie im Toskanischen 596.

mendar bessern 7, flicken 238. Flech.

menſa, a — bei Tische, öffentlich 350. Tisch 145.

meſcladament durcheinander 191. Tosk. *miſchiatamente*, afz. *meſlee-
ment*, pr. *meſcladamen.*

montar erstehen 137.

morçar löschen 561. Tosk. *ammorzare, ſmorzare.*

nde, ne daselbst s. Adv. 40, 145, 258, 259.

neſio einfältig 308. Tosk. *neſcio*, afz. *nice.*

nomenança Name, Ruf 421. Flech. *nomerança.*

nuio keiner 431, 468, 500. Muss. Mon. ant. *nujo*, Ug. § 46.

o qe wo immer 587.

ogno jeder 175, 189, 282, 546, *ogna* f. 16, 100, 117, 124, 461, 479.
ogna m. 297.

ognunca 298, *aynunca* 351, *ognu[n]can* 109. Muss. Mon. ant. Ug.
§ 46. Flech., Seif. *omi homo.*

ora Mal 211. Im Plural nach *doi* unverändert. S. Muss. Beitr. *fiada*,
Ulrich in Romania XIII 59 zu Z. 377, Seif. unter *fiadha*. Vgl.
ital. *due via due.*

parler Schwätzer 69; s. *malparler.*

pe, ſoto — unterworfen 286, 332, 548.

per una trenta dreiſsigmal soviel 30; *per un ſet* 222, s. Verm. Beitr.
S. 153.

percaçar trans. nachstellen 315. Ug.

perfondo tief 210. Ug.

pileng Thürangel 213.

plaid Streithandel 418. Flech. *piao*, Seif. *pleo.*

plaideçar Streit führen 523. Alttosk. *piateggiare*, afz. *plaidoïer.*

portadhura Haltung, Benehmen 567.

preſente, en — zum Vorschein 138; offenbar 269. Prov. *a preſen.*

pro trefflich 87, 236, 305. Ital. *prode.*

puca oder *puça?* — ? 90.

pudor Gestank 74. Flech. *puor.*

puitana Hure 273. Cat.

quas beinah 460. Prov. *quais*. *quaſi* 589.

ranpogna Tadel 431.

reçer refl. sich behaupten 451. Tosk.

regnar bleiben, leben, verweilen 247, 419.

remaner aufhören 138, liegen bleiben 571, bleiben (*romarrà*) 105.

remore Lärm 257, *romore* 418.

ſaſone Zeit 108, 229, 517, *perder* — aufhören, Ende nehmen 348. Muss. Mon. ant. Flech. *ſaxon*. Scif. *ſaſon*.

ſcarido einmalig 572. Muss. Kath.

ſcergnir refl. spotten 531.

ſclapuçar straucheln 483; vgl. *ſcapuſciá* (*inciampare*) bei Cherubini, glbd. *ſcapuzzar* bei Boerio und *ſcapoeſá* bei Samarani; toskan. *ſcappucciare* ist fast nur in übertragenem Sinne „einen Fehltritt begehn" üblich.

ſcoteço? l. *ſcorteſe*? *çotego*? 527.

ſea Lage? 406. Muss. Mon. ant. *ſeo*.

ſen ohne 35.

ſenplamentre sachte? 482.

ſerore Schwester 400. Scif. *ſeror*.

ſogna Sorge 303, 424. Ug. (Canello in Arch. glott. III 366, Rönsch in Rom. Forsch. II 314).

ſoperbio übermütig 278, 502. Cat.

ſpendio Aufwand 420. Tosk.

ſpetar zu erwarten haben 160, 487, *aſpetar* 430. Und 116?

ſtover not thun 412. Ug. Flech. *ſtol*. Scif. *aſtore*.

ſtracorer das Maſs überschreiten 386.

ſtratuto allesamt 144. Ug. Nat. fem.

tençonar refl. sich zanken 499.

tenir nachhaltig sein? 501 (oder = *attenere* sich ziemen?).

tenpo, *nuio* — nie 500. Prov. *nulh tems*.

tenporivo frühzeitig 543. Flech. *temporir*.

tirar ankämpfen, widerstreben 114. Afz. *cheval tirant* störrisches Pferd.

tocar trans. (?) zukommen 66.

torcer lo naſo die Nase rümpfen 75. Manuzzi *torcere* IX.

toſto leicht 121, 174. Afz.

trafo — ? 76. Zu lombardisch *trafar* (*feiuparc*), das Cherubini, Tiraboschi, Monti kennen?

travaia Mühsal 374. Nat. fem.

tro qe so lange als 68, 327. Vgl. *entro* hier und *entro qe* Ug.

tutor allezeit 249.

vago schweifend 313.

valer subst. Wert 217.

vardar trans. lauern auf 118.

vecad schlau 546. Vgl. *malvezao* bei Bonvesin.

regnir werden (mit Adjektiv) 518. s. oben *men*.

verafio wahrhaft. *veras* 338, *verafio* 398, *verafi* 357, *verais* 402. Ug. Nat. fem.

vero Trinkglas 557.

vertue Gewalt, Herrschaft 313.

vefinar trans. nahe sein an 564.

vez Gewohnheit 342. Tosk. Nat. fem.

volta Hölle, Gewölbe 271.

Quefto e (86r°)
lo fplanamento de li prouerbii de Salamone
conpofto per G[irar]do Pateg da Cremona.

E Nome del pare altiffemo e del fig beneeto
E del fpirito fanto, en cui força me meto,
Comenz e noig fenir e retrar per rafon
Vn dret enfegnamento c'aferma Salamon,
5 Si con fe troua ferito en prouerbi per letre.
Girard Pateg l'efplana e'n uolgar lo uol metre.
De quili qe parla tropo, com fen debia mendar,
Con li irofi e li foperbii fe poffa omiliar,
Con li mati fe uarde et enprenda faner,
10 Com a le done conen boni coftumi auer,
Com un amig a l'autro de andar dretamente,
E con pouri e riqi de ftar entre la çente.
Li faui nom reprenda, f'eu no dirai fi ben,
Com fe uoraue dir, o f'eu dig plui o men:
15 Q'eu nol trouo per lor, q'ig fa ben ço q'ig de,
Anz per comunal omini qe no fan ogna le.
Mai, cui illi uol fia, fe tutol ben adoura
E fai ben el mal laffa, no po far meior oura.
Mai qi no porá tuto retegnir ad un flado,
20 Si poco non terrá qe non fea meiorado.

Die Titelworte de falamone u. s. w. stehn am rechten Blattrande von oben nach unten; dieser Rand ist aber teilweise abgerissen, erst nachträglich durch einen aufgeklebten Streifen sauber ersetzt. Dabei sind hinter conp bis pateg die obern Teile der Buchstaben, einige Buchstaben fast ganz verloren gegangen, ebenso auf der Rückseite die Anfangsbuchstaben der letzten sechs Zeilen (Z. 51—56).

Neben Z. 1—5 Christus auf dem Throne mit einem Kruzifix vor sich (.xps.); am Rande aufserhalb der Umschrift nur teilweise erhalten ein Leser (homo qui legit); ähnliches Bild mit gleicher Überschrift neben Z. 21—3.

1 l. El oder Al? 2 Hs. força meto. 3 Hs. ececrcar. 4 ist c'aferma oder c'afermá oder c'a fermá gemeint? 9 Hs. Dali. 10 l. coven a le done? 18 l. E fal ben oder besser nach der Orf. Hs. Q'eu voi dir?

Mo parl'elo de la lengua.

DE la lengua noi dir   aló primeramente,
D Per quel q'ela nos plu   a gran part de la cente. —
Da tropo dir fe narde,   qi fe nol far laudar,
E dea luog ad altri,   f'ig nol anq ig parlar:
25 Q'el ge n'e fors de lor   qe nol dir qualqe canfa,
M'el no de començar,   fin qe l'antro no paufa. —
No fi tegundo fanio,   qi parla foura man,
Da piçol ni da grande,   da par ni da fouran.
Sel piçol no fen nença,   lo par fors fen laimenta,   (86 v°)
30 El maior per uentura   ien dis per una trenta;
Vilan e malparler   fe po tenir quelui,
Quand a dit quant el nol,   e'n tut defplas a altrui. —
Nifun hom de gabar   alcun defcognofente;
K'el tien lo mal per peço   el ben çet'a niente.
35 Qi amaeftra un fol,   fen q'el no nol enprendre,
Doi dan par qe ien negna,   qi ge nol ben atendre;
Q'el perd lo fen q'el dis,   el mat par qel defdegne:
Mal fani om caftige,   qe nol ben e'om ie'nfegne. —
Ki refpont nnelmentre,   ira no fe ie tien;
40 Mai qi fauela orgoio,   f'ela no nd'e, fi nien. —
Per lengua fe departe   l'amor dig compagnon,
E no e maior tefauro   el mond, qil truoua bon.
Lengua part li fradeli,   qe fe nol mal da morte,
E pare da fiioli,   rar e qi la conporte,
45 La mugier dal mario,   q'e per lengua blafmado,
E le fine amiftate   e'a quarant'ag dorado. —
Con l'om e'a tropo lengua,   non e bon far tençone,
Qe 'ntrel fo tan parlare   fe perd bona rafone. —
L'om qe ben non entende,   f'el refponde, fa mal,
50 E da e'a ben entefo,   f'el penfa ancor, ie ual. —
[A]nz qe l'omo fauele,   refponder par folia.
[T]ut q'el creça faner   ço qe dir ie uolia.
[F]ors li dirá tal canfa,   mai no l'aurá audua;

---

25 l. qi vol dir?   *38 l. e'om ben?*   *44 lls. E para.*

[S']el i'auia dit d'antro, er mateça legnua. —

55 [M]at e l'om qe no lauda lo ben, quand dieu iel da;

[E] fel ben ie defplafe, del mal como farà? —

Ki dis a l'omo caufa qe para qeil defplaça, (87r°)

No ie la de dir plui e, lau el e, la taça;

Qe'n parlar fe cognofe l'omo, q'e faui o mato;

60 Tafer lo fai laudar, fi como dife Cato. —

Ki no uol fir entefo, e mato, f'el fauela:

Mai f'elo tas, fai ben, f'el non e, qi l'apela. —

Grand gracia a da deu l'omo qe po tafere,

Segond qe fe couiene; biá fen po tenere. —

65 No fe de alcun laudar de foa propia boca;

Qe deu fa ben e i omini, quanta boutá lo toca. —

L'om c'ufa dir pur mal el ben e l'onor feiua,

A pena fen partrá, tro qe'n fto mondo uiua. —

Ben e de tal parleri qe la lengua ama tant,

70 Se li autri li fala, foli ua fauelant. —

No bafta ben, qi parla pur quando ie bifogna;

Ki parla ben enlora, mai no tema uergogna. —

Enoi e grand faftidio e l'om trop çançador;

Q'el recres ad ogn'om, tut foi dit e pudor.

75 Da q'ilil ne uenir, ogn'om ge torcel nafo

E dis ,mort fem oimai; queft a del dir lo trafo‘.

Ni no fen uol acorçer fto mat de ço c'auien;

Anz f'el dis mal denanti, ça mo non dirá men.

Coffí auien a tuti e fai cotal guadagno

80 Con quel qe çeta fora l'a[igu]a marça del bagno;

Q'el apudora tuti, e ilg blaftema qil fir,

Si pud lo fo çançar q'el no cala de dir.

Li catif qe l'afcolta, fe penfa e fta muti,

Q'el dis mal d'un de lor e pol dirá de tuti;

85 E guarda l'un a l'autro, qe diga q'el tafefe, (87v°)

E nigun fe n'enbriga, q'el tem qe noi nofeffe.

E blafmará tal homini q'e pro, largi e cortefe,

.

Per ço q'ig no fa fenpre   quanto comanda e dife,
E laudará tal omini,   poc ual mieg d'una çuea,
90 Ke per mala uentura   i'aurá dad qualqe puça.
Mal abia, qi plui po   e qi ben far l'aufafe,
Qe non arma un o doi,   fi qig autri paufafe.
Ben fai c'om no fe de   nençar de nilania;
Mai caftigar tal mati   feraf gran cortefia. —
95 Salterio ne uiola   ni ftrimento no aue
Dauid, fi fofe dolce   com e lengua foaue. —
Soura tuti parlar   a ualent omo fta
Dir dig baron antifi   gefte, qi ben le fa;
Mai trop e grand peccado,   dig maior qe fe troua,
100 Mentir uilanamentre   per contar ogna noua.
Ni au tutig uer diti   talor non e cortefi.
Mentir *et* enganar   fai departir i amifi. —
Quel qe gaba un foz hom   o femplo o befognos,
Gabal noftro feingnor,   qel fe tal com el uos. —
105 Pouer hom romarrá,   qi parla plui qe de;
Lengua del faui om   adorna autrui e ffe. —
Lo fauio tas e dife,   quando q'el ie befogna;
Mal mat no guarda tem[po],   fafon noi tol uergoigna. —
Ognucau om fe guarde,   qe reu dito no porte;
110 Qe lengua a bailia   de dar e uita e morte.
Del fruito de foa boca   çafcun fe pagará;
O ben o mal q'el [di]ga,   tut a lui tornará.

Mo uol clo contar de foberbia e d'ira e d'umilitate.

A Pres ue noi contar   de foberbia e d'ira   (88r°)
Et au d'omilitat,   qe contra entranbe tira. —
115 Qi tien foperbia *et* ira,   l'amor de deu no aurá,

---

90 puça (oder, *wenn* çuca *richtig ist,* puca) *ist mir unverständlich.* 92 arma *ist mir unverständlich; man erwartet etwas, was etwa* caftiga *bedeuten würde.* 102 *lls.* depatir. 108 *l.* fafou, onta o. v.

*Neben Z. 113—6 zwei Männer, die sich an den Haaren reifsen (*ifti ludunt ad

Mal ſpeta la ſoa ira, ꝗi ſença lui ſerá. —
Lao e l'omo ſoperbio, ſe truova ogna tençone;
Mai l'umel ſta corteſe, ça non uarda caſone. —
Reo e eſſer amigo d'om ꝗe ſoperbia mena;
120 Q'el ſen traz tal fiada e mal e dan e pena.
D'andar con lui per uia i'auien toſto grant onta;
C'aló fai la mateça, ſe la ſoperbiag monta. —
Quanto l'om e plui çente e de maior afar,
Tanto plu en ogna cauſſa li des omeliar. —
125 Querir trop alte cauſe, c'a l'om no ſe conuien,
Soperbia ſi tegnuda d'om ꝗe tal cor retien.
Soperbi om e quelo e no fai ço ꝗ'el de,
C'ades nol contraſtar plui faui om de ſe. —
Mat e ſoperbio par ed a leon ſemeia,
130 Qi ſenpre ſta irado contra la ſoa ſameia
E blaſma tal ſeruiſio ꝗe ſerá bon e belo,
Per ſoperbia ꝗei noſe, ꝗel tien adeſſo ſello. —
No ſe truoua ſoperbia plui ſoça en queſto mondo
Con ꝗi ſeuuilia enſteſo; en ꝗuel mal non e ſondo.
135 Ane un'altra ꝗe n'e dont a deu grant deſdegno,
D'un pouer hom ſoperbio c'apena 'urá ſoſtegno. —
Ira ſi fai montar le tençon de niente,
E tal ꝗ'e ben remaſe, fai tornar en preſente. —
Soperbia et ira enſembre, ſ'el e ꝗi la manteigna,
140 No ſe uedrá mai facio de cauſa ꝗe ie ueigna. —
L'umel hom el corteſe no ſ'atent' a nençar, (88 v°)
Anz lo ſerua ad un altro, ꝗe l'aurá uendegar.
Ki da deu ꝗuer uendeta, elo la trouará;
Q'el le ſará ſtratute, c'una non laſſará. —
145 Ki ſiede a l'autrui menſa, umelmentre ne ſtea,
No guarde ça e la, ꝗue ſe toia o ſe dea;
Ne no ſe de irar, ſ'el ſides ad altrui
Serui de qualꝗe cauſa mieg ꝗe no ſi a lui. —

.

capilos.); daneben ein Mann, der sitzend in einem auf seinen Knieen liegenden Buche liest (iſte legit.).

116 l. Mal ſconta la! 129 Hs. e da ſel om femia. 130 Hs. Qe.

Soperbia par qe fia, cui den da qualqe onor,
150 S'el fe n'exalta tropo, fig torn'a defenor. —
Humel e cortesment de l'om dar ço q'el da;
S'el da iradamentre, perde quant el farà. —
Ki den prega umelmentre, lo fo preg uien auduo;
Mai foperbia no lafa far l'om ço q'e tegnuo. —
155 Ki per enfirmitad prende foperbia *et* ira,
Perd den e fi enftefo; rea caufa l'enfpira.
Mai lo ben e lo mal humelmentre fofera,
Qi uol plafer a den e ftar en la foa fciera. —
Dopla foperbia e quela e'a foperbio fiiolo;
160 Ki n'e legro el mantien, fpetan grameça e dolo. —
Non e bona umeltat tafer lo fen, qil fa;
Anz torn'a gran mateça, qi nol dis, quand luogo a. —
Soperbia e dig maiftri laudar trop fo lauor;
Kel lauorer, f'e bon, el lauda fi e lor. —
165 Soperbia e, qi defprefia om iufto c'ama deu,
E mat, qi lauda un rico pecador hom e reu. —
Soperbia fe caçer i agnoli de ciel en tera
E fe falar Adamo, per cui noi fem en guera.
Soperbia comença tutol pecad del mondo; (89 r'')
170 Li umili fta en celo enl reng dolz e iocondo. —
Den e fainti defprefia la foperbia de l'om;
Qel foperbi ofende, no fa per qe ni com. —
Soperbia e far tençone com un om trop irado;
Ke toft fai tornar l'omo en l'enftefo peccado. —
175 L'omo qe ua plen d'ira, ogno defcordio moue;
Non e pas ni concordio qe l'umel om no truoue.
Lo mat hom el foperbio defplas a tuta çente;
L'umel defidra ogn'omo per uefino e parente. —
Soperbia fai dir l'omo defplafer ad autrui;
180 Mai l'umel om comporta tut ço c'om dis a lui. —
Quandol foperbio fa a l'om, quant mal el po,

151 *Hs.* Humel. 167 *wenn* i agnoli *nicht zweisilbig sollte sein können, so würde man es hinter* de ciel *zu rücken haben.* 169 *s. oben §* 51. 172 *l.* foperbio i ofende? 178 *Hs.* e per parente.

Philos.-histor. Abh. 1886. II. 8

Fai foperbio quel altro,   et e doi mal col fo. —
Mato foperbio e quelo   qe blafma ogn'altrui dito
E uol c'om lod lo fo,   o fia tort o dreto.
185 S'el nol po con rafon   blafemar dretamentre,
Troua qualqe ranpogne   per far dir a la çente
‚Cognofent om e quefto';   mai no f'adá del rire
Dig faui qe f'acorçe   qe'nueça iel fa dire. —
Soura ogno peccado   qe'n fto mondo fe truoua,
190 E foperbia; cui l'a,   da fe fi la remoua.

Mo parola elo de mateça e de mati.

DE mateça e de mati   noig dir mefcladament,
Per q'ig e plu per nomero   qe tuta l'autra çeut,
Et auc del fo contrario,   ço e fen e fauer;
Cui tien l'un, laffa l'autro,   tuti n'a qne ueder. —
195 Lo mat om pur riando   fai mateç'e folia;
Tut ço qel cor ie dis,   a lui par dreta uia. —
Plui çoa, qi caftiga   un fauio, ço m'e uifo,   (89 v°)
Qe qi bates un mato   oto di o un mefo. —
Que ual al mat riqece   ne quant el po auer,
200 Da q'el no po conprar   de l'or fen e faner?
Mai fel mat omo tafe,   q'el no diga niente,
Sauio fi computado   per gran part de la çeute. —
Qi refpondes al mato   fegondo foa ftolteça,
Deueuta tal con lui   e dopla la mateça;
205 Anz de refponder fen,   tal parola e fi dreta
Q'el fia tegnudo fauio,   e quel mat qe l'a dita. —
Si con la nef no dura   d'iftat per lo calore,
Si defdes ad un mato,   f'el a gloria et onore.
Tanto ual ad un mato   donar onor del mondo
210 Com una copa d'aigua   çetar en mar perfondo. —
Vn mat om qe redife   la mateça doi ora,
Fai comol can qe mança   ço c'a gitadho fora. —

.

Neben Z. 190 und dem Titel zwei Ringende (ifti preliant.), daneben vom Buch weg
nach ihnen sich umblickend ein sitzender Leser (ifte legit.).
194 Hs. Cun tien.   200 der Punkt steht fälschlich hinter del or.

Si con fe uolçe l'uffo cul pileng o el fta,
Si fal mat eu mateçe, c'altro peufer non a. —
215 Ça parole fotile no dies ni gran riqeça
Ad omo qe fia mato: tut li torn'eu mateça. —
Vn mat fe tien plui fauio e de maior ualer,
Qe no fai fete faui con tutol fo fauer. —
A dir l'om q'el fea mato, non e fen rafonadho,
220 Ni de laudarfe fauio el non e prifiadho. —
Non e fen, qin po altro, tor feruifio dal mat;
Q'elo fe ua uantando, qe per un fet n'a fat. —
Vnca no fper de mato, qi f'amiftat aurá;
C'amig non e de fi, e meu como ferá? —
225 Parole d'omo mato no f'aprefia plu (90 rᶜ)
. . . .
Lo mat om en lo rifo fi adalça la uof;
Peró fi cognofudo, nos po tenir afcof.
El fauio fen reten, guarda luog e fafoue,
230 Ne no lo fará rire fe no iufta cafoue. —
Lo mat per la feneftra fi guarda en l'autrui ca;
Mal fauio ua per l'uffo, o el defora fta. —
Lo mat f'euçegna e guaita, com el podes fcoltar;
Mai lo faui fai fença, c'om nol poffa blafmar. —
235 Auer mato fiiolo, non e mai tal gremeça;
Cui deul da pro e fauio, fi n'a granda legreça. —
Tanto ual maeftrar un om mat, de fen bloto,
Con qi uoles meudar un tefto tuto roto. —
Non e bon *contraftar* al mat, qe fen non a;
240 Qe f'el fa fal de lui, toftol recordará. —
Set di fe planz un mort da quig qe li nol ben;
Mal mat en uita foa, qe termen no ge uen. —
L'arena el plumb el ferro e plui lef da portar
Ke non e un omo mato qe no uol conportar. —
245 Parola d'omo mato fempre fi reprouada;

---

215 der Punkt steht fälschlich nach dies. 226 die Hs. läfst Raum für eine
Zeile. 227 Hs. le uofe und 228 afcofo; das e von uofe ist ausgelöscht und das o
von afcofo beinah ebenfalls. 244 conportar ist nicht klar.

Q'el no la dis a tempo.   ne fu, com ela uadha. —
Omo inpio ni mato   no regnará con den,
Peró c'a deu *e* a ffi   fe truoua fel e reo. —
L'omo mat dorm l'iftad   e fta tutor enderno;
250 Mai lo fauio lauora   e d'iftad e d'inuerno. —
De mateça fe paffe   lo mat o q'el fe fia,
E lo fanio d'enprendere   fauer e cortefia. —
Qi briga col mat hom,   fi tegnud autretal;   (90v°)
Andar col faui omo,   ça noi po uenir mal. —
255 Meig fe po contraftar   lo lion fort e l'orfo
C'un hom mat per natura,   e peço fal fo morfo. —
O qe fia la guerra   o tençon o remore,
L'omo mato ie na   e fi ne da fauore;
Mal faui om l'efciua,   e f'el fe n'enbateffe,
260 Aló fe part de li,   paur'a qeig nofeffe. —
Qi loda un mat de feno,   fig fai gran defenor;
K'el fa q'el no nd'a miga,   e fi tegnú peçor. —
Qi unca uol, fi diga: da qe l'om mat ferá,
En queft mond *et* a l'altro   cotal fe trouará.

Mo parl'elo de le femene.

265   **D**E lengua e de foperbia,   de li mati auem dito.
      Mo parlem de le femene,   fi con ne dis lo ferito,
Como fe bone e rei   e com fai pro e dan
A tuta çent del mondo   la maior part de l'an. —
A i ogli, quandoi leua,   fe cognos en prefente
270 La grant part de le femene,   q'a luxuria tende. —
Meig fa l'om, f'el fta fol   en qualqe nolta 'feofa,
Qe f'el ftes en palefe   con femena noiofa. —
Qi nudriga puitana,   fai mal: q'el e autrui,
E fi ie perdel fo,   e no retorna en lui. —

---

265 l. e deig!   267 Hs. bone ere; davor ist vielleicht f'e zu schreiben.   270 der Punkt nach femene fehlt.

Neben dem Titel ein Lesender, vor dem die Hälfte eines Knieenden (?) sichtbar geblieben ist; das Übrige und ein Teil der Überschrift beim Beschneiden des Pergaments verloren gegangen (.. e legit); darunter ein Mann, der ein Weib umarmt (ofculat iftam .. nam.).

275 Com femena d'autr'omo   no fe nol trop fedhere;
Qe l'omo fen da guarda,   e'n blafmon po caçere. —
Femena fani'e cafta   de marid e corona;
Gadhal mat'e foperbia   uergoigna *et* ontaig dona. —
Lo ferpent nenenofo   el cor porta grand ira;
280 Maior la porta femena   qel dianol enfpira. —
Col lion e col drago   mieg abitar f'anen   (91r°)
Qe con femena dura,   cui defplas ogno ben. —
Çafcun om po guarire   del mal, fe deu iel da;
Mai de femena rea   no po guarir qi l'a.
285 Se l'om li fai onore,   foperbiai cres e mouta,
E tenlo foto pe   eg fai gremeça *et* onta. —
El mond non e mai gracia   fonra bona mnier;
Ne mal, qi l'aurá rea,   fonra quel ça no quier.
Qe'n tuta la foa uita   la de tronar a ca;
290 Per lei perd quefto mondo,   l'altro mal ie dará. —
Mnier bela e cortefe   de legreça l'om paffe,
Se l'om e conofente,   *et* altro mal noi naffe.
E tut q'ela fea ruftega,   f'el'e pur fania e bona,
Mat e quel qe per autra   una tal n'abandona. —
295 Tute le ca per done   fi monde e nete fate:
S'ele fta pur un ano   fença ler, e deffate. —
En ogna luog del mondo   o rea dona fta,
Segur fea de quelo   c'ognunca mal aurá. —
Bela poffefion   e dona fauia e neta,
300 A cui deu da la gracia   c'al fo feruir la meta. —
Grand pouertad aurá,   cui bona dona manca;
En fto mondo ne'n l'autro   no ftará en legra banca. —
Qi a rea fiiola,   fonra lei meta fogna,
Q'ela no faça quelo   ond el aiba uergoingna.
305 Ananz q'el po, la dea   ad om faui e pro;
No tema, f'el n'e rico;   q'el ferá, f'el no fo. —
La femena fa l'om   eniuriar comol uino,
Fal defperad e nefio   e fal tornar plui fino.
Non e cofa en fto mondo,   f'ela iel comandafe,   (91v°)

307 *Hs.* enuriar.

310 Q'el no la fes, ni tal   q'elo ie la uedase. —
    Da femena comuna   fe guard ogn'om qi po;
    Non a l'om tanto feno,   q'elo nol perda alò. —
    No fe meta eu uertue   hom de femena uaga:
    Çamai no n'iffirà   leuement, o q'el uada. —
315 L'om qe l'autrui muier   uol ni tol ni percaça,
    Pecato fai mortale;   omecidio lo caça.
    Da qe l'omo n'a una,   con quela fe demore,
    Tute le altre lafe;   deu fel tien per onore. —
    Ben fai l'om c'a fiiola,   fe da piçol ie'nfegna:
320 Da q'ela ferà grande,   non e grop qe la tegna. —
    Da la meltris fe guarde   ogn'omo qe n'a poffa:
    K'el'al dito foaue,   del fen fe moftra groffa.
    Plui fotilment qe l'olio   entra el fen de l'omo;
    Quand ela l'a piiado   dal pe entro al fomo,
325 Or taia da dui ladi,   fi como fai la fpada;
    Noi laffa cor ni pelo   ni carne qe no rada.
    Afai mieg purga l'omo,   tro c'a qualqe caufeta,
    D'umori boni e rei,   qe no fai la porreta.
    Penfe, qi a l'auere,   con l'anema el corpo fta;
330 Perdud a fi e deu,   e d'auer que farà?
    Scernido fi dal mondo,   defprifià da deu;
    Lo peçor qe fe troue,   fil terà foto pe. —
    C'al fen de rea femena   fe reçe, ogn'om ge meto,
    Cou deu non aurà parte   el fo reng beneeto.

Mo parl'elo d'amigo e d'amiftate.

335 NO fea hom cui defplaça   fto dir per tropo longo;
    D'amig e d'amiftad   aqueft altro ue çongo.
    Ço e la meior coffa   qe'n quefto mondo fia,   (92r°)

---

318 Hs. ononore.   321 Hs. al fom.   329 und 330 scheinen hier nicht an
ihrer Stelle; eher mögen sie zum sechsten Abschnitte gehören und etwa nach 112 oder nach
456 einzuschalten sein. •   333 ich nehme keinen aus?
    Neben Z. 334—5 fast erloschen der gewöhnliche Leser (.. git.), darunter gleichfalls
kaum mehr sichtbar zwei Männer im Begriff sich die Hände zu reichen (?); die Legende
verschwunden.

Qi al ueras amigo   fa tenir dreta uia. —
Ki truoua un quale'amigo   o piçol o meçan,
340 Fa mal f'el lo defprefia;   qe tuit fem d'una man. —
Ki a lo bon amigo,   anc aib'el qualqe menda,
Nol de laffar per quelo;   mal reu nez no n'enprenda. —
Ben fe cognos l'amigo   al mal, quand l'omo l'a,
E l'enemig al ben;   q'el ue, qe gramon fta.
345 Quan e la grand befogna,   fe cognofe i amifi.
De cent un no fe truoua,   no fea uairi o grifi. —
Cui recres un amigo,   fig ua trouand cafone:
Non e bona miftate   quela qe perd fafone. —
Non e mai tal amigo   el mond, qi ben ie penfa,
350 Comol don qe fa l'omo   en celad o a menfa. —
Agnunca afar c'a l'omo   per fi o per altrui,
Al bon amig lo diga   e fil trate con lui. —
No de l'om trop ufar   a ca de l'amig fo;
Da q'el ge ua cotanto,   el ie recres aló.
355 Ni ça nol de feiuar,   f'el ua da cafa foa,
Q'el no damand de lui   una fiada e doa. —
L'omo q'e caftigado   dal fo nerafi amigo,
Val plu c'amor celado;   queft en nero ue digo. —
Vn'altra caufa g'e   c'al faui omo plafe:
360 Mieg e c'amig lo bata,   qel fo enemig lo bafe. —
Mieg e un amig uifino,   qi l'a preffo de ca,
Qe un fradel luitano;   biad a cui deul da! —
Quel non e bon amigo,   qe parla con doi lengue
E ua menand fofifmi   e briga con lofenge. —
365 Non e coffa en fto mondo   c'a l'amig uaia mai   (92v°)
Tanto como laudarlo   del ben q'el dis e fai.
Per le dolce parole   fi f'acata i amifi;
Mai qig ua rampognando,   fi fai dig dreti bifi. —

342 *l.* per quela?   346 *vgl.* Vardaive da le femene, q'ele fon vaire e grife, *Super natura femin. 30d und die Anmerkung dazu in Zts. f. rom. Phil. IX 300; auch Bernart von Ventadorn* Lanquan fuelhon bofe e garric *in Str. 4 Z. 1* femblan vair ni pic *und Raynouards Lex. rom. IV 537.*   351 *Hs.* altui.   358 *Hs.* plu lamor. 360 *Hs.* Mieg camig.   368 *l.* fig fai de?

Quelo non e dret omo   qe dis ‚eu fon amigo‘
370 Et al befong me laffa,   nom ferue, f'eu iel digo.
Tal te parraue amigo   a mançar teg enfenbre
Qe f'el te fos befoguo,   no t'aidaraf defendre. —
Qi al fedel amigo,   non e cofa qel uaia;
M'el lo po ben ftancar,   qig da tropo trauaia. —
375 Non e bon, per amigo   fir autrui enemigo:
L'amig nouel e bon,   mieg fe truoua l'antigo. —
Mal fai qil fo amig laffa   per reu dir d'om qe fia,
Fin q'el no fa per lui   f'el e uer o baufia. —
Qui nol feruir l'amigo,   noi dea termen luitan;
380 Façal ancoi, f'el po: forfi no g'el doman. —
Quel non e faui om,   f'el al fo bon amigo,
Qe per cofa del mondo   con gladio çoga fego. —
Ki al pouer amigo   e fa q'el a defeta,
Ben e bona miftad   darie qualqe caufeta. —
385 L'om de feruir l'amigo,   noi de uenir a men;
M'el no de fi ftracorer   q'el ge perdal fo ben. —
Rari e quig amifi   qe fi bona fe porte,
Se dura un an o doi,   qe dur fin a la morte. —
De dar mançar ad altri   fi fe truoua bon nom;
390 La fourana miftad   e femena con hom. —
Soura tute maltate   don deu el mondo f'ira,
E l'om qe trata mal   d'amig qe'n lui fe'ntia. —
Quel non e bon amigo,   auci fai foz engano,   (93r°)
Qi l'amig met en luogo   onde li uegna dano. —
395 Qi lauda un fo amigo   tropo for de mefura,
Defprefia fi e lui;   qe quel dito no dura. —
Quel qe fofrifel dano   per l'amig umelmentre,
Quel e dret e nerafio;   poqi n'e entre la çente. —
Plui ual una miftade   d'amig c'ama per core,
400 Ke de nefun parente,   de frar ni de ferore. —
Ben te ual un amigo,   f'el t'abita daprefo;
Et aul nerais luitan   fe nde recorda adefo. —

Qi ama dretamentre   deu el profem altrefi,
Stará feguramentre   a l'autro mond e qui.

Mo parl'elo de riqeça e de pouertate.

405   **R**iqeça e pouertade   uol qe de lor dit fea,
     Per quel c'ogn'om del mondo   fe truoua en qualqe fea. —
No fe truoua alcun homo,   tanta riqeça tegna,
Q'a lo di de la morte   ie uaia una caftegna. —
Qi tol le cofe altrui   per enriqir a freça
410 Vfura couentada   e ço qe l'om coreça
No e ric ne ferá;   q'el fta pur en penfar,
E puoi iel ftourá rendre,   o el no f'a faluar. —
Miei e un pouer om   a cui plas quel q'el a,
Qe un rico qe uol   tuto quant el uedhrá. —
415 Auer mal concoftado   molto tofto deferefe;
Qil truoua dretamentre,   quel e quel qe'nreqife. —
Mei e a l'om auer poco   con legreça *et* amore
Q'auer plena la cafa   con plaid e con romore. —
Non e hom lieuementre,   fe'n grand riqeçe regna,
420 S'el uol far fempre fpendio,   qe pouer no deuegna. —
Non e mai tal riqeça   con bona nomenança;   (93v°)
Qi uol trop enriqir,   lo penfer ie defuança. —
Aquele grand riqeçe   qe l'om no po auer,
No le de defirar   nin de fogna tener;
425 Q'ele fe fai tal pene   com l'aguiia qe uola,
E ua fi da luitan,   no nd'aurá una fola. —
Ben fe tien tal om fauio,   per q'a riqeçe grande,
Qe, qi ben lo cercafe,   non a fen per un fante. —
Qi f'efforç'a enriqir   e dura gran defeta,
430 No fa, qual pouertad   e la mort qe l'afpeta. —
Quel'e riqeça grande   fença nuia ranpogna,

Neben der Überschrift der gewöhnliche Leser, links von ihm und rechts desgleichen ein stehender Mann (pauper. ifte legit. diues.), ersterer etwas gebückt und in dürftigem Gewande.

     403 l. profm? *s. § 10.*   *410 unverständlich.*   *419 Hs.* riqeçe no regna. *425 Hs.* Qele fai pene, *berichtigt nach Prov. 23, 5.*   *430 l.* q'el afpeta?

Donar al pouer omo   del fo, quandoi befogna. —
Quel qe de pouertad   mena çoi e legreça,
Val des dig ric auari   c'a tefor e riqeça. —

435 S'auar om a riqeça,   fi l'a contra rafone,
Con l'om qe çeta uia   l'auer fença cafone. —
Riqeça e grand uertude   alegra l'om de core;
Ma plui l'alegra afai,   f'el a lo deu temore. —
Or e arçent, qi n'a,   fi ua fort e feguro;

440 Mai plui ua quel afai,   c'ama deu de cor puro. —
L'omo, quand el e rico,   fe record pouertade,
El pouer la fofrifca   con grand omelitade. —
Pouertad e riqeça,   uita, mort, mal e ben
Dal fegnor, quand el uol, ni d'altra part no uen. —

445 Mei e l'om qe lauora   la fera e la doman,
Ca tal omo fe lauda,   qe fors ie mancal pan. —
No defir alcun om   l'auer del pecador
Ne la gloria foa;   tut e contral fegnor. —
Pur en le foi riqeçe   fe'nfida l'omo reu;   (94r°)

450 Meio fe'nfidal pouer   qe a fperança en deu. —
Pouertad ben acоnça   e qi ben fe ge reçe,
Fi conputaa riqeça,   com en libri fe leçe. —
No criqife l'omo   effer bruto ni fcarfo
Ni auaro ni empio;   entrego de fir arfo. —

455 No ual ad om traitor   ni laro, f'el e rico:
C'apres Iuda de fir   entro l'inferno meffo. —
Pegr'om, noia o no uoia, f'adoura de nient;
Mai l'om qe ben f'adoura, ferà ric e mainent. —
Quando l'om e plui pouer, plui fe de ric tener,

460 El ric de le riqeçe   quas per nient auer. —
Sour'ogna pouertad   e l'om qe no enprende.
E quel e souraig riqi   qe cognos el entende. —
Mei e poqeto auer   e ftar legr'e çoiofo
Q'auer ben gran tefauro   e fempr'effer penfofo. —

465 Qui penfas dretamentre   le riqeçe q'el a,
C'etaraf'pouertà   quant en fto mondo a;

Sel ben el mal penfafe, l'ir'el çoi el dolor,
Se trouaraf plui rico de nuig enperador. —
Lo ric comand'al pouer befognos, mal neftido:
470 Temp ferá qeg uorane enanti auer feruido.
Qi fará ben al pouer, fe trouará ric omo:
Qi defprefial proximo pouer, catif a nomo. —
Mal fai qi dis q'el a poqe riqece a man;
Q'el no fa queg auiegna; f'el e ancoi, no e doman. —
475 La pouertá de deu en ca de l'enpio fta,
La riqeça col largo, qe feruc lao el na. —
Auer tute riqece e ço qe l'om dirá, (94v°)
Val men q'effer mendigo, fe l'amor deu non a.

Oimai fe parla d'ogna cofa comunalmentre.

Oimai comunalmentre d'ogna cofa dixemo,
480 De ço q'e ben a far, e qe laffar deuemo.
Lo fauio qe ben aude, plui fauio deuenrá.
Ben ua feguramentre, qi fenplamentre na;
No nadha om trop corendo, toft poraf felapuçar;
Ni con omo catiuo no fe conz' a mançar. —
485 De l'enemig fo morto nifun ridha ne falte,
S'el no uol, quand el more, qig foi de lui f'afaute. —
Om no tiegna fidhança en ço qe doman fpeta;
Qe tant com el lo dife, non a de uiure cleta. —
Fol om ni mat no cre caufa qeg fia dita:
490 Mal fauio fe n'aué, qe ua per uia drita. —
Quel om c'a molti amifi, a tuti no dea briga;
Leça gen un de mile, cui foi credence diga.
Ca nol dig eu per quelo: non e fen a calcar
Amig qeg diga caufa q'el uol en fi celar. —
495 Qi fe recorda ben que e ne que ferá,
Ça, recordando quefto, lefmen no peccará. —
L'om qe f'axalta tropo per bele neftimente,
No fa que e defoto; lo fo penfer ie mente. —

Neben Z. 479—81 ein Leser, ihm gegenüber zwei Zuhörer (. homo qui legit.).
482 l. conç'. 498 vielleicht Ne zu schreiben, nach defoto ein Komma zu setzen.

9*

Qi al fo bon amigo,   com el no fe tençon,
500 Ne nuio tenpo diga   quel qe noi fapia bon. —
L'omo qe uol far ben   en log qe tiegna e uaia,
S'el po feruir a l'umel,   del foperbio noi caia. —
Biad l'om, qi uol ue,   f'el cre ço q'e mefura;
Deçunar dig pecadi   meig e qe l'om qe dura. —
505 Confeiar ancil fato   per grand fen fi tignudo;   (95r°)
Poi ual pocol confeio,   da quel dan e uegnudo. —
Mieg e qig fiiol prege   lo pare, fiu q'ig l'an,
Qel pare priege lor   ni uegna a le foi man. —
S'eu me guard dai pecadhi   c'ai fati, un an o dui,
510 Poi torn eu quig enftefi,   peçor fon q'eu no fui. —
Quel om qe del fo femno   no fe uol cambiar,
Per que col faui omo   fe uai lo confeiar?
Q'el tien lo fauio mato   per ço q'el noi crerá,
El fauio perd quel femno   el confeg qeg dará. —
515 Onorar fe del medhego,   c'a la necefitad
Scanpa l'omo qeg cre   de grand enfirmitad. —
L'om c'a la fepoltura,   quand e la fafon, ua,
Fai ben per recordarfe   c'autretal uegnirá. —
Lo feu dig antis omini   deg faui demandar,
520 Qe faraf ço q'e fato,   f'el fos ancor a far. —
Mateç'e a guardar   l'omo trop entrel uifo;
Ma fladha guard elafe,   f'el no uol tir represo. —
Se tu di plaideçar   con om pofent ni mato,
Se tu poi, fi t'acorda,   no curar d'altro pato. —
525 Non e bon recordar   le'niurie d'altrui;
Qe tofton po uegnir   de peçor a[nc] a lui. —
Con l'om fcoteço e fole,   defperad, fença fe
Non ufar: toft uerane   li foi mal foura te. —
A plui forte de fi   u'e bon preftar lo fo;
530 Ca f'el iel uol tenir,   a penna l'aurá po. —

No fe de fcergnir l'omo   de uegleça, f'el g'e,
De pare ni de mare,   qe bandonar noi de. —
Quel qe uifita l'omo   en foa enfermitad,   (95v°)
Fal feruifio de deu,   a luin neu fanitad. —
535 Le primicie e le defeme   fe de dar uia aló,
El debito, qi l'a,   pagel ananz q'el po. —
Onorar pare e mare   four'ogna caufa de,
Qi uol fir onorado;   benl comanda ogna le. —
L'omo cui deu uol ben,   quel uifita e caftiga;
540 Biad qil fofre'n pas,   q'el no fe'ngana miga. —
Quel om qe ferá fauio,   a fi enftefo ferá;
S'alcun aurá mateça,   fol ne la portará. —
Quelui qe uol far ben,   tenporiuo fe leua.
Qi da pas e la tien,   deu l'exalta e l'aleua. —
545 L'omo fenplo et antigo   fi cred ogna parola;
L'omo neçad fe guarda,   d'ogno fen dis q'e fola. —
Ben e fort e fofrent   l'om qe fa ço q'el de;
Plui fort e, qi fa l'anema   tegnir lo corp fot pe. —
Qi per ben rende ben,   l'un co l'autro e 'gual;
550 Mai per mal rendre ben   cento cotanto ual. —
Ki nol qualqe peccado   de altrui acufar,
Ben fe guard da l'enftefo,   no fe ie las trouar. —
Lo bener el mançar   trop delicadamente
Enbrigal fen de l'omo,   tal e ben conofente. —
555 Mal e nedar far ben   a l'om qe uol e po;
Qil neda far ad altri,   mal lo fará del fo. —
No atenda om al uino   qe'ntrol uero e lucent;
Ben entra, m'anz q'el n'efca,   morde como ferpent.
Luxuriofa caufa   el uin, qi tanto l'ama;
560 Molt e defprefiado   l'om qe tropo n'a brama. —
Altrefi como l'aigua   morça lo fog ardent,   (96r°)
Fai lemofnal peccado,   qi la fai dretament. —
L'om qe del mal d'altrui   fe conforta ne ri,
Lo fo fenpre uefina;   non e luitan de fi. —

---

531 „wenn er (der Vater) darin (im Alter) ist"? oder zu lesen f'ig g'e „wenn sie
(die Eltern) darin sind"?   545 l. et entrego!   550 wegen cotanto s. § 12.

565 Non e ben l'om q'e iufto,   qe tropo fe demeta;
    Mai en tuto aiba modho,   qi uol far bona uita. —
    Pur al parlar de l'omo   el a la portadhura
    Et al rir fe cognofe,   qil fai for de mefura. —
    Se l'agnel fta col louo,   non e bona conpaigna,
570 Nel peccador col iufto;   fenpre n'a qualqe lagna. —
    Qi uol altri enganar,   a lui reman l'engano.
    Meig e morte fcarida   c'auer mal tuto l'ano. —
    Niente ual teforo   q'e reclus foto terra;
    Men ual lo fen de l'omo   c'ad altri nol deferra. —
575 Vn dig grandi defdegni   qe'n fto mond fia ufado,
    El fauio an fel pouer   qe fi defprefiado. —
    Penfar ni grand gremeça   fenpre tegnir no ual,
    Ançon moraf ben l'om   fi toft con d'un gran mal.
    Penfar cotidian   auci l'om, o el pena,
580 O al men enmatife;   fol e, cui lo demena. —
    Mal pará l'om qe mança   d'ogn'ora ço q'el troua;
    Vfança e beftial;   qi l'a, fi fen remoua. —
    Qi uole ben penfar,   hom en fto mond no uiue
    Qe de fo dea tanto   com de l'altrui receue. —
585 Aqua plana fa peço   talor qe la corrente;
    Tal om te pará humel,   q'e peço de ferpente. —
    O qe l'om a l'amor,   l'oclo ge guarda adeffo,
    Et o c'abial dolor,   la man ge ten apreffo. —
    Grand çent q'e fença guida,   fi e quafi perdua;   (96v°)
590 Vn fol om c'ama deu,   fi a pas retegnua. —
    Se deu f'acorce qe l'omo   a feruirlo deleta,
    De li foi enemifi   aló ie fai uendeta. —
    No fe poraf contar   tuto quant hom de far
    Ni quant el de tenir   ni quant el de lafar.
595 Mai qi non fa, fi enprenda,   laffel mal, façal ben,
    Serual noftro fegnor,   ni ça noi uerá men. —
    L'altifemo re de gloria   ne preg, lo fignor meu,

---

576 l. om, f'e pouer, qe fi defpr. *der weise Mann, welcher, wenn er arm ist.
missachtet wird ?   581 *Hs.* par alom.   584 *l.* del fo?   587 *Hs.* lo oclo ge guarda.
591 *l.* f'acorç *oder* q'omo.

Al cui nom començai   et al cui finife eu,
Ken dea fi a parlar   c'a lui e a tuti plaça,
600 E fin guard da foperbia,   c'umilitad defeaça,
E liuren de mateça   et anc da pouertad
E guarden da rei femene,   qed al mond enganad,
Si toia uia l'ira,   umilitad ne dia,
Voia qig bon coftumi   adourem tutauia,
605 Façan foi boni amifi   e guarden dai peccadhi,
Si c'al di del çudifio   feam encoronadhi
en uita eterna.   amen.

Dem Gedichte des Pateg schliefst in der Handschrift sich unmittelbar die nachstehende Paraphrase des Paternoster an. Sie ist im wesentlichen eines, obschon nicht in allen Einzelheiten gleichlautend, mit einem Stücke, das G i o s u è C a r d u c c i zuerst herausgegeben hat in Atti e Memorie della R. Deputazione di Storia patria per le provincie di Romagna, Serie 2ª, Vol. II. Bologna 1876, S. 204. Es war dasselbe gefunden durch den Grafen G o z z a d i n i in einem durch den Notar Bonacosa di Giovanni in Bologna 1279 angefertigten Memorial, dem es nach Carducci S. 109 nicht später als die den eigentlichen Inhalt bildenden Kontrakte und Testamente einverleibt ist. Nach der nämlichen Handschrift, die er als Memoriale N° 40 dell'archivio notarile di Bologna bezeichnet, hat dasselbe Stück T o m m a s o C a s i n i herausgegeben in Le Rime dei poeti bolognesi del secolo XIII, Bologna 1881, S. 184 (mit einigen Abweichungen von der Schreibweise des Manuskripts, die wohl hätten unterbleiben dürfen). Eine durchaus verschiedene, breitere Paraphrase des Paternoster findet man im Propugnatore XVII (1884), wo Biadego von weiteren ähnlichen Dichtungen handelt. Die Expoficione de lo patrenoftro del celo, die nach Ulrich (Romania XIII 27) auf Blatt 15a der Handschrift Add. 22557 des British Museum steht, ist noch nicht näher bekannt. — Der Text der Berliner Handschrift folgt hier ohne Änderung der Schreibweise, nur dafs in Bezug auf Trennung und Vereinigung der Wörter so wie in den Proverbii verfahren ist, Apostrophe,

Accente, Interpunktion zugegeben sind: die Handschrift selbst setzt je nach den lateinischen Worten und je nach dem Reimworte einen Punkt. Einige Änderungen am Texte habe ich in den Anmerkungen vorgeschlagen; der Text der Handschrift von Bologna ist dabei erwogen, seine Abweichungen aber sind hier, wo eine kritische Arbeit nicht beabsichtigt war, nicht verzeichnet.

1 PAter noſter, a ti, deu, me confeſſo;   (96vº)
   Mea colpa e mei peccadhi com eſſo.

3 Qui es in celis, tu me le perdona
   Per piatad, q'eu ſon fragel perſona.

5 Sanctificetur al to biato regno
   Mia bona oura e fe, ſalcunan tegno.

7 Nomen tuum me guard e me conduca
   Con li ſanti guagneliſti Marc e Matheu e Luca.

9 Adueniat en mi toa uos ,uenite‘,   (97rº)
   Da l'altra me defend qe dirá ,ite‘.

11 Regnum tuum a mi conſerua, patre,
   Q'eu g'entre coi mei tuti e con mia matre.

13 Fiat uoluntas tua, ſignor meu,
   Tal q'enl to paradiſo uegna eu,

15 Sic ut in celo auis uita eterna
   Con tute bone aneme q'el gouerna.

17 Et in terra me conſent far, agyos,
   Quant a ti ſempre plaça, ely theos.

19 Panem noſtrum cotidian, meſia,
   tu ne lo da, qen paſca tuta uia.

21 Da nobis odie a cognoſer, alfa,
   E mantegnir ferma fe e no falſa.

23 Et dimite noſtre ofenſione
   per fe, per oure e per confeſſione.

---

2 *l.* colpa dei peccadhi c'ai comeſſo?   3 *l.* me li!   9 *soll man* guagneliſti *streichen, oder* coi *schreiben und* e matheu *oder mit der* Bologn. *Hs.* marc e *tilgen? auch für einen* çoan *wäre leicht Raum zu finden, wenn man* guagneliſti *beseitigte.*   15 ſic ut *-so dafs,.*

25 Nobis debita noftra tu ne laffa
 Per toa mercé, c'auem defida faffa.

27 Sicut *et* nos falem per far rei oure,
 Aiben mifericordia, fi ne conre.

29 Dimitimus a far qe deurefamo;
 Perdonau e fan andar el fen d'Abramo.

31 Debitoribus noftris *e* a noi tuti
 Dona la gracia toa a grand *e* a puti.

33 Et ne nos induças en inferno,
 Receuen el to regno fenpiterno.

35 In temptacionem ftem di e not,
 Non delinquir, propicio fabaot.

37 Set libera nos da ognunca grameça,
 en la toa gloria ne da granda legreça. (97v°)

39 A malo guard tuti lo fpirit almo,
 Quanti l'adora e dirá quefto falmo.

41 Amen diga gli apoftoli cofefori,
 Ogno profeta e tute furia celorum.

---

25 *l.* relaffa.   26 *l.* fin da la faffa?   30 e *zu tilgen oder* e fa *zu lesen.*
33 *l.* entro l'inferno.   38 *l.* glorian da.   41 *die letzte Silbe von* cofefori *ist über die vorletzte geschrieben.*   42 *für* furia *kann man auch* Curia *(mit grofsem* C) *lesen; wäre dies das Richtige, so müfste man* tuta *schreiben; in* celorum *steht für die letzten drei Buchstaben die gewöhnliche Abkürzung.*

Inhalts-Verzeichnis.

Buchdruckerei der Königl. Akademie der Wissenschaften (G. Vogt).
Berlin, Universitätsstr. 8.